C000178500

Es gibt immer einen Grund,
warum Menschen so sind wie sie sind.

J. W.

Berend Wilbers

Leonhard Kindler

Eine Novelle

Impressum

© 2020 Berend Wilbers
Umschlag, Illustration: Verena Urban
Lektorat, Korrektorat: Anemone Hehl

Verlag & Druck: tredition GmbH, Halenreie 40-44,
22359 Hamburg

ISBN
Paperback   978-3-347-12739-5
Hardcover   978-3-347-12740-1
e-Book   978-3-347-12741-8

Das Werk, einschließlich seiner Teile, ist urheber-
rechtlich geschützt. Jede Verwertung ist ohne Zu-
stimmung des Verlages und des Autors unzuläs-
sig. Dies gilt insbesondere für die elektronische
oder sonstige Vervielfältigung, Übersetzung, Ver-
breitung und öffentliche Zugänglichmachung.

I

Kindler war wie immer bestens gelaunt, als er sich am frühen Montagmorgen auf den Weg zur Arbeit machte. Zu einer Tageszeit, der die meisten Menschen nichts Vergnügliches abgewinnen können, pulsierte in seinen Adern längst das blühende Leben, eine Stimmung, die sich allmorgendlich schon auf dem Weg vom Bett unter die Dusche einstellte und die auch im Laufe des Tages nur selten umschlug. Während andere noch widerwillig die Bettdecke über den Kopf zogen und sich gegen das frühe Aufstehen wehrten oder sich durch die Zeitungslektüre den Tag verhageln ließen, genoss er den ersten Kaffee und die frische Luft auf dem Balkon seiner kleinen Wohnung und war voller Vorfreude auf den Tag. Selbst die Beschwernisse eines Berufs, der ihn gelegentlich mit unzufriedenen, teilweise auch aufgebrachten Mitmenschen zusammenführte, und der bedauerliche Umstand, dass er von Zeit zu Zeit aus unerklärlichen Gründen unter Schlafstörungen litt, trugen nicht dazu bei, dass sich seine Stimmung merklich eintrübte.

Angesichts einiger ewig schlecht gelaunter Zeitgenossen beschäftigte ihn schon ab und an die Frage, was wohl der Grund seines permanenten Hochgefühls sein mochte. Einer bewussten Entscheidung oder besonderer Erfahrungen hatte es jedenfalls nicht bedurft. Solange er sich zurück erinnern konnte, von frühster Kindheit an, war es so gewesen. Das sonnige Gemüt sei ihm mit in die Wiege gelegt worden, versuchte seine Frau Mama zu erklären, wenn er den Widrigkeiten des Lebens, die auch ihm nicht erspart geblieben waren, seinen schier unerschöpflichen Optimismus und eine gute Portion Humor entgegen setzte. Der an sich eher positiven Eigenschaft den Makel eines Geburtsfehlers anzuhaften, war allerdings keine Vorstellung, mit der er sich anfreunden mochte, genauso wenig wie mit der Diagnose seiner Ex, einer Medizinstudentin im zweiten Semester, die darin die Vorzeichen einer bipolaren Störung zu erkennen meinte und deshalb vermutlich das Weite gesucht hatte. Das unerwartete Ende seiner ersten großen Liebe rief zwar die Fragen nach seiner Gemütsverfassung auf unangenehme Weise wieder wach; am Ende amüsierte ihn aber die verwunderliche Feststellung, dass selbst ein Überschuss an Glückshormonen für eine hoffnungsvolle Beziehung als Trennungsgrund geeignet zu sein schien. So beließ er es schließlich bei der Erkenntnis, dass es allemal besser sei, seine Zeit gut gelaunt zu verbringen, anstatt Bekannten und Freunden mit griesgrämiger Miene den Tag zu beschweren.

Kindler war mit sich und seiner Welt im Reinen und glücklich, sich zu den Menschen zählen zu können, denen das Leben lebenswert und verheißungsvoll erschien.

Auf dem Weg zur Arbeit machte er noch einen kleinen Umweg durch die Oststadt, parkte seinen Wagen vor einem malerischen Fachwerkhaus in der Humboldtstraße und stieg aus. Zu dieser frühen Stunde wirkte die enge Gasse leblos und verschlafen. Nur eine einsame Fußgängerin überquerte auf hohen Absätzen mit vorsichtig trippelnden Schritten das holprige Kopfsteinpflaster. Für einen kurzen Augenblick gab Kindler sich der morgendlichen Ruhe hin und bewunderte wie schon so häufig die prächtigen Fassaden der Gebäude beiderseits der Straße. Keine Frage, die Humboldtstraße war das Schmuckkästchen der historischen Altstadt. In den kunstvoll gearbeiteten Fenstern der hohen, in blassem Gelb oder Weiß gestrichenen Häuser spiegelte sich der Glanz früherer Generationen. Sie hatte wie durch ein Wunder die Kriege ohne großen Schaden überstanden und war jetzt die Attraktion jeder Stadtführung. Mit den meisten Häusern verbanden sich Geschichten, die gerne laut und lachend erzählt wurden, andere dagegen eher leise und hinter vorgehaltener Hand. Kindler hatte sie alle mehr als einmal gehört und konnte sie den einzelnen Fassaden zuordnen, hinter denen sie sich zugetragen haben sollten. Er ließ seinen Blick dem Verlauf der Straße folgen, hielt kurz inne bei dem ein oder anderen sehenswerten Detail, einer aufwändig gearbeiteten Laterne, der geschwungenen Eingangstür mit dem auffälligen Messingknauf, dem alten gusseisernen Briefkasten am Zauntor der Nummer 7, dem ehemaligen Wohnhaus des Rabbiners einer kleinen jüdischen Gemeinde, die es heute nicht mehr gab. Er nahm die Bilder in sich auf, ruhig und gedankenverloren.

Das bösartige Knurren eines fernen Hundes holte ihn zurück.

In der geöffneten Tür des Fachwerkhauses mit der Nummer 3 wurde er bereits erwartet. Eine betagte Dame mit tadelloser Figur und in kerzengerader Haltung lächelte ihm entgegen. Sie trug ein bodenlanges, dunkelblaues Kleid, das keine Schuhe erkennen ließ und den Anschein erweckte, als schwebe sie über den mit Jugendstilmotiven verzierten Fliesen des Hausflures. Ein buntes Seidentuch, kunstvoll um den Hals geschwungen, unterstrich das strahlende Weiß ihrer vollen Haarpracht und verwehrte zudem zu tiefe Einblicke in den etwas gewagten Ausschnitt. Kindler war wie immer fasziniert von ihrem Anblick. Auch wenn das Alter seinen Tribut gefordert hatte, war augenscheinlich, welche ausgesprochene Schönheit sie in jungen Jahren gewesen sein musste. Ihrem unwiderstehlichen Charme und ihrer Ausstrahlung hatten die fast 80 Jahre nichts anhaben können.

Die Bekanntschaft der alten Dame verdankte Kindler seiner Mitarbeit in einem Verein, der sich um alleinstehende Senioren in der Stadt kümmerte. Er hatte schon als Jugendlicher damit begonnen, sich für ältere Menschen zu engagieren. Wenn sie die Dinge des täglichen Lebens nicht mehr allein bewältigen konnten, ging er ihnen zur Hand oder leistete ihnen von Zeit zu Zeit Gesellschaft. Männer wie Frauen, die ihren Ehepartner verloren hatten, freuten sich über seine Besuche, weil er ein angenehmer Gesprächspartner war, der interessiert zuhören, aber auch selber kurzweilig erzählen konnte. Der Verein, dem er vor nun schon mehr als zehn Jahren beigetreten war, stellte den organisatorischen Rahmen und bot eine Reihe weiterer Hilfen an.

Vor etwa zwei Jahren hatte man ihn gebeten, sich um „die alte Frau Thiel aus der Humboldtstraße" zu kümmern. Bis heute konnte er sein Glück kaum fassen. Sie war einfach umwerfend. Entgegen allen üblichen Gepflogenheiten und Regularien nutzte er jede Gelegenheit für kurze Besuche, erledigte ihre Einkäufe und Behördengänge oder fuhr sie mit seinem Wagen zum Besuch einer alten Freundin in die Nachbarstadt. Wann immer sie ihn um etwas bat, war er zur Stelle, weil er jede Begegnung mit ihr als bereichernd empfand. Er war glücklich und dankbar, diese Aufgabe übertragen bekommen zu haben, war sie doch mehr als eine bloße Entschädigung für die nervige Arbeit im Vereinsvorstand, dem er seit kurzem als Schriftführer angehörte.

„Guten Morgen, Frau Thiel, Sie sehen mal wieder entzückend aus. Hatten Sie ein gutes Wochenende?"

Die grazile alte Dame nickte zur Antwort freundlich lächelnd in seine Richtung. Dann hob sie wortlos in einer fließenden Bewegung ihren rechten Arm, streckte ihn leicht angewinkelt ab und drehte dabei ihre Hand, so dass die offene Handfläche einladend auf den jungen Besucher zeigte.

Kindler lächelte und wusste, was zu tun war.

Ihre Blicke trafen sich und ließen nicht mehr voneinander ab. Ganz langsam ging er auf sie zu und hielt, bei ihr angekommen, kurz mit einer galanten Verbeugung inne. Mit seiner linken Hand umschloss er zärtlich, aber fest die rechte Hand der alten Frau. Für einen Moment verharrten beide, halb auf der Straße, halb in der Tür stehend, in dieser Haltung. Schließlich schob er seine Rechte unter den inzwischen ebenfalls leicht angehobenen linken Arm und legte seine Hand unterhalb des Schulterblatts auf ihren Rücken. Mit leichtem Druck zog er sie kaum merklich etwas näher zu sich. Sie lächelte unentwegt. Und als führte eine unsichtbare Hand Regie, drangen die Klänge eines langsamen Walzers durch die geöffnete Wohnzimmertür an ihre Ohren. Behutsam, fast vorsichtig setzte sich das ungleiche Paar in Bewegung. Mit langsamen Drehungen ging es durch den breiten Hausflur in das geräumige Wohnzimmer. Dort angekommen wurden die Schritte leichter, beschwingter, verschmolzen ihre rhythmischen Bewegungen mit dem Takt der Musik. Unzählige Male umkreisten sie den mahagonifarbenen Teetisch in der Mitte des Raums, einerseits getragen von schönen Erinnerungen, anderseits von der aufkeimenden Hoffnung auf glückliche Zeiten. Erst als nach einer Weile die Musik verstummte, hielten sie inne und sie lehnte für einige Sekunden ihren Kopf an seine Schulter.

„Wunderbar", flüsterte er.

Und tatsächlich nahm ihn der Zauber dieses Begrüßungsrituals, das sie hin und wieder inszenierte, jedes Mal aufs Neue gefangen. Der reizenden alten Dame gelang es mühelos, vermutlich unterstützt durch das antike Ambiente des großzügigen Hauses, eine ihm fremde Welt zu öffnen, die eine unglaubliche Anziehungskraft auf ihn ausübte. Ihre vornehme Sprache, die Eleganz ihrer Bewegungen, ihre Mimik, geprägt durch ein gelegentliches Auf und Ab der Lider über den immer noch leuchtend blauen Augen, ihr ganzer Habitus faszinierten ihn derart, dass er sich anfangs über sich selbst gewundert und sich lange, letztlich aber erfolglos innerlich dagegen zu wehren versucht hatte. Inzwischen besuchte er sie häufig auch ohne besonderen Grund, ließ geschehen, was die Besuche bei ihr in ihm auslösten und erlaubte sich, ihre Nähe ohne inneren Widerstand zu genießen. Unbeschwert von störenden Gedanken hatten ihre Begegnungen seither eine Intensität, die sie die Zeit vergessen ließ. Sie konnten stundenlang zusammensitzen, erzählten, was sie bewegte oder versetzten sich mit einer Platte aus ihrer großen Sammlung musikalisch in die Zeit ihrer Jugend.

Nach einem dieser langen Abende hatte sie sich beim Abschied überschwänglich bei ihm bedankt und nachdenklich angefügt, sie werde ihm die Zeit, die er mit ihr verbringe, kaum angemessen vergüten können. Zum ersten Mal traute er sich daraufhin, sie in den Arm zu nehmen, eine Gefühlsbekundung, die sie überraschend herzlich erwiderte, und versicherte ihr, er genieße jede Minute ihres Zusammenseins wie ein Geschenk des Himmels, unerwartet und erfüllend zugleich.

„Einen Wunsch hege ich aber doch seit langem", hatte er sich schließlich mit einem schelmischen Lächeln vorgewagt. „Sie haben mir erzählt, wie gerne Sie in jungen Jahren getanzt haben. Mir fehlte bisher der Mut, einen Tanzkurs zu belegen. Mit Ihnen als Lehrerin würde ich dieses kleine Abenteuer nur zu gerne in Angriff nehmen."

Sie ließ sich ohne zu zögern darauf ein und führte ihn in den folgenden Wochen und Monaten mit viel Geschick und wachsendem Vergnügen in die Welt der klassischen Tänze ein. Zu seiner eigenen Überraschung erwies sich Kindler als gelehriger Schüler, der schnell Fortschritte machte. Und als er längst alle Tänze sicher beherrschte, animierten die beglückenden Momente, die beide im Tanz erlebten, sie dazu, auch weiterhin einen großen Teil ihrer gemeinsamen Zeit im Gleichklang von Rhythmus und Bewegung zu verbringen. Die Abende endeten zumeist mit einem Glas Wein und langen Gesprächen. Bisweilen benahmen sie sich bei alldem wie ein frisch verliebtes Paar, ohne allerdings die Grenzen des Anstandes auch nur zu berühren. Ein Beobachter hätte sich zweifellos und angesichts des Altersunterschiedes sicherlich leicht irritiert gefragt, ob in Mimik und Gestik der beiden nicht mehr zu lesen war als bloße Sympathie. Die Blicke, die sie einander zuwarfen, die zarten, wie zufällig erscheinenden Berührungen, konnten leicht auch als Bestätigung dafür verstanden werden, dass Liebe nicht an den Grenzen der Altersgruppe haltmacht. Darauf angesprochen, hätte die spielerische Leichtigkeit, mit der sie solche Abende durchlebten, vermutlich gelitten.

So aber blieb dieses kleine Geheimnis ein dauerhaftes, ungetrübtes Glück.

*

Als Kindler an diesem Morgen das Foyer des Bürogebäudes betrat, in dem er arbeitete, waren die Eindrücke der frühen Begegnung mit der vitalen alten Dame noch allgegenwärtig. Die kurze Wegstrecke von dem Haus in der Humboldtstraße reichte kaum aus, um reibungslos den Übergang aus der verträumten, analogen Welt der Frau Thiel in seinen digitalisierten Alltag zu schaffen. Auch der ästhetische Kontrast zwischen der künstlerisch verspielten Jugendstilvilla und der nüchternen Architektur des Verwaltungsgebäudes konnte größer nicht sein.

In dem grell erleuchteten, schmucklosen Treppenhaus traf er zu seiner Überraschung auf Hubert-Karl Graf von Kranzwegen, der von allen nur „HvK" genannt wurde. Diese banale Ableitung seines adligen Namens verdankte der Kollege der Angewohnheit, sämtliche Schriftsätze aus seiner Feder aus leicht nachvollziehbaren Gründen mit eben diesem Kürzel zu zeichnen. Er entstammte einer alten südhessischen Adelsfamilie, mit der ihn nach eigenem Bekunden nur noch wenig verband. Allgemein wurde vermutet, es habe in der Vergangenheit Streitereien gegeben, die zum Bruch und HvK in den Norden geführt hatten. Von ihm selbst war darüber nichts zu erfahren.

Kindler hatte sich mit ihm in den ersten Jahren seiner Berufstätigkeit ein Büro geteilt. Der etwas knorrige, ältere Herr, etwa zwei Köpfe kleiner als er selbst, war dem jungen Berufsanfänger von Anfang an mit Sympathie begegnet und ihm eine echte Hilfe gewesen. Obwohl er sein Studium als einer der Besten des Jahrgangs mit fundierten Kenntnissen der komplexen Materie abgeschlossen hatte, zeigten ihm die Anforderungen der Praxis gelegentlich Grenzen auf. Wann immer er in den Anfangsjahren nicht mehr weiter wusste, konnte er sich der kollegialen Unterstützung des Grafen sicher sein. Ganz nebenbei entwickelte sich über den beruflichen Kontakt hinaus ein fast freundschaftliches Verhältnis. In Anbetracht der wirklich völlig unterschiedlichen Charaktere war das so von niemandem erwartet worden und alles andere als selbstverständlich. Natürlich ergibt sich fast zwangsläufig eine gewisse Nähe zwischen Personen, die den größten Teil des Tages zu zweit in einem Büro verbringen. Die Eigenheiten und Marotten des jeweils anderen hätten aber leicht auch das genaue Gegenteil bewirken können. Nach Einschätzung aller Kollegen war es vor allem dem immer freundlichen und gut aufgelegten Kindler zu verdanken, dass das gute Verhältnis der beiden schon nach kurzer Zeit als beispielhaft galt und für die These herhalten musste, dass ein kollegiales Miteinander sehr wohl gelingen kann, auch wenn im Vorfeld alles dagegen zu sprechen scheint. Vermutlich war es deshalb nicht nur eine Anspielung auf den Größenunterschied, der eine wohlmeinende Kollegin veranlasste, den beiden mit „Pat und Patachon" einen Beinamen zu geben, der schnell im ganzen Haus verbreitet war.

Nach zwei gemeinsamen Jahren hatte HvK eine neue Herausforderung gesucht und sich in den Außendienst versetzen lassen. Seither begegneten sie sich nur noch selten. Der Graf sorgte allerdings seit einigen Monaten im Kollegium für

Gerede, weil er sich an exponierter Stelle in einer neuen Partei engagierte, die dem rechten politischen Spektrum zugerechnet wurde. Die massive Kritik, die von Kranzwegen dafür im Haus, aber auch in der lokalen Presse einstecken musste, war für Kindler nur schwer auszuhalten. Das schlimme Bild, das jetzt von dem geschätzten Kollegen gezeichnet wurde, wollte so gar nicht zu seinen eigenen Erfahrungen aus den Tagen der Bürogemeinschaft passen. Er hatte bisher vergeblich nach einer Gelegenheit gesucht, darüber mit ihm näher ins Gespräch zu kommen. Die Begegnung im Treppenhaus schien dafür wenig geeignet. So beließ er es bei einer kurzen Unterhaltung, in der die gewachsene Nähe unbelastet von kritischen Nachfragen spürbar blieb.

Noch nachdenklich betrat Kindler sein Büro und nahm an seinem Schreibtisch Platz. Schon als auf dem großen Flachbildschirm die Eingänge seines Email-Kontos sichtbar wurden, zeigten die entspannten, fröhlichen Züge wieder das allen vertraute Gesicht eines jungen Mannes, der den Tag willkommen heißt.

*

Ohne anzuklopfen öffnete sie die Tür, trat ein und saß im nächsten Moment auf dem Besucherstuhl neben seinem Schreibtisch.

„Hallo Leo! Na, schon wieder in bester Stimmung am Montagmorgen?"

„Die Woche hätte kaum besser beginnen können", erwiderte Kindler lächelnd, „ich hoffe, du hast nicht die Absicht, daran etwas zu ändern."

„Warum sollte ich? Schließlich bin ich hier, um mich von deiner guten Laune anstecken zu lassen."

„Als ob du das nötig hättest. Wenn ich mich nicht ganz täusche, hast du schon gestrahlt, als du durch die Tür gekommen bist."

„Woran das wohl liegen mag...."

Ohne äußere Anzeichen genoss sie still die leichte Verlegenheit, die sich mit dieser Andeutung auf das Lächeln ihres Gesprächspartners legte. Ihr war überhaupt nicht daran gelegen, weitere Bestätigungen für die betörende Wirkung zu erhalten, die sie auf ihr männliches Umfeld hatte. Unverhohlen zweideutige Komplimente und zunehmend lästig werdende Annäherungsversuche, derer sie sich fast täglich erwehren musste, ließen sie langsam daran zweifeln, dass ihre betont weibliche Ausstrahlung bei der Suche nach einer festen, liebevollen Beziehung, nach der sie sich sehnte, besonders hilfreich war. Sie wusste, dass von Leonhard Kindler nichts dergleichen zu befürchten stand. Er war seit langem der Erste, dem es mühelos gelang, ihr im Gespräch offen und zugewandt in die Augen, und nur in die Augen zu sehen. Vermutlich hätte es sie nicht einmal gestört, wenn er sich ab und an ein wenig hätte ablenken lassen, denn sie fühlte sich seit der ersten Begegnung von dieser unbändigen Lebensfreude, der lebhaften Sprache und dem unaufdringlichen Wesen ihres Kollegen magisch angezogen. In den letzten Monaten hatte sie bei ihm zudem eine äußerliche Verwandlung beobachtet, die sie sich nicht erklären konnte und die ihren Wunsch, ihn näher kennenzulernen, noch verstärkte. Seine Körperhaltung war aufrechter, spannungsvoller geworden, seine Bewegungen leichtfüßiger, fast tänzelnd, seine ganze Körpersprache hatte an Ausdruck gewonnen, eine Wahrnehmung, die die junge Frau – bewusst oder unbewusst – immer häufiger seine Nähe suchen ließ. Auf den eigentlichen Grund ihrer Zuneigung angesprochen, hätte sie allerdings ohne Frage seine wohltuend zurückhaltende, fast schüchterne Art betont, mit der Kindler auch jetzt die kleine Anspielung unbeantwortet ließ.

Er musste sich nicht einmal dazu zwingen.

Die Bemerkung hatte ihm zwar geschmeichelt; den Gedanken aber, Elisabeth Körber könnte an mehr als einem guten kollegialen Verhältnis interessiert sein, mochte er nicht ernsthaft zulassen. Sie spielte für ihn in einer völlig anderen Liga. Abgesehen von ihrer äußerst attraktiven Erscheinung, die ihm natürlich nicht entgangen war, entstammte sie der wohl angesehensten Familie in der Gegend. Ihr Onkel war erst vor kurzem in das Amt des Oberbürgermeisters gewählt worden, ihr Vater leitete das Familienunternehmen, einen großen Industriebetrieb der Elektronikbranche. Es stand kurz davor, mit Veranstaltungen über mehrere Tage das 50-jährige Firmenjubiläum zu begehen. Mutter Körber, wurde erzählt, sei in jungen Jahren eine begehrte Schauspielerin gewesen, die ihre Karriere nach der Heirat aufgegeben habe, ihrem Mann zuliebe oder weil so etwas damals eben üblich gewesen sei. Die Familie wohnte etwas außerhalb in einem großzügigen Anwesen, das aufgrund der aufwändigen Architektur und einem wunderschönen, parkähnlichen Garten sofort ins Auge fiel, wenn man sich von Südwesten her der Stadt näherte. In dieser Welt der Schönen und Reichen, überkam Kindler eine väterliche Erkenntnis, konnte es für ihn, den Sohn eines kleinen Handwerkers vom Dorf, keinen Platz geben.

„Liebste Lisa", versuchte er augenzwinkernd vorsichtig das Gespräch zu beenden, „es tut mir leid, aber ich habe heute Vormittag eine Verhandlung, auf die ich mich noch vorbereiten muss..."

Sie strahlte ihn immer noch an.

„Sag das nochmal!"

„Bitte. Mach es mir nicht schwerer, als es ohnehin schon ist. Ich würde ja gerne noch mehr Zeit mit dir verbringen, aber...."

„Nicht den Rausschmiss, nur die Anrede!"

„Liebste Lisa...?"

„Siehst du! Es geht doch."

Sie stand auf und hatte im nächsten Moment das Zimmer verlassen, genauso schnell und unvermittelt, wie sie gekommen war.

*

II

Das Besprechungszimmer im fünften Stock des Bürogebäudes hatte schon bessere Zeiten gesehen. Die alten, eichenholzfarbenen Tische und die in die Jahre gekommenen Stühle mit Bezügen in einem ermatteten Braun wirkten wenig einladend. Hinter eingestaubten Glasrahmen versuchten verblichene Kalenderbilder in seltsamer Anordnung bunte Farbtupfer auf die gelb gestrichene Raufasertapete zu setzen. Für den Ficus benjamini, der mannshoch in einer Ecke sein kärgliches Dasein fristete, fühlte sich offensichtlich seit langem niemand mehr verantwortlich. Seine ehedem grünen Blätter hoben sich kaum mehr vom Gelb der Tapete ab. Der ganze Raum wirkte farblos, unfreundlich und weckte Erinnerungen an die muffigen Amtsstuben der 50-iger Jahre. Kein Wunder, dachte Kindler, dass die Verwaltung mit einem schlechten Ansehen zu kämpfen hat, wenn Besucher in solchen Räumlichkeiten empfangen werden.

„Ich hatte eigentlich erwartet, Herrn Direktor Holzmann in dieser Angelegenheit zu sprechen."

Der Anwalt, der in Begleitung seines Mandanten zu der „mündlichen Erörterung der strittigen Fragen" erschienen war, zeigte sich enttäuscht. Er ging offenbar wie selbstverständlich davon aus, seine Bedenken gegen die Entscheidung des Amtes dem Chef persönlich vortragen zu können. Das fängt ja gut an, dachte Kindler, überließ es aber Regierungsrat Winkler, seinem Abteilungsleiter, die ungewöhnliche Gesprächseröffnung zu erwidern.

„Sie werden heute wohl mit Herrn Kindler und mir Vorlieb nehmen müssen. Ich bitte um Verständnis, aber der Leiter der Behörde ist kaum in der Lage, in allen Einzelfällen selbst tätig zu werden. Ich darf Ihnen aber versichern, dass ich mit Herrn Kindler einen ausgewiesenen Fachmann mit Ihrer Sache betraut habe. Überzeugenden Argumenten werden auch wir uns nicht verschließen."

Kindler war vorbereitet und konnte sich ohne Anstrengung ein ungehöriges Grinsen verbieten. Die formale Wortwahl und der zurückhaltende Ton seines Vorgesetzten bildeten einen auffälligen Kontrast zu der Sprache, die Paul Winkler im Kollegenkreis als normalen Umgangston pflegte. Sein heimlicher Spitzname „Pöbel Paul" war ehrlich erarbeitet, weil er dafür bekannt war, schon bei den geringsten Anlässen aus der Haut zu fahren und lautstark unflätige Verwünschungen auszustoßen. In Gesprächen dieser Art bediente er sich dagegen eines Vokabulars, das nach seiner Auffassung in der Öffentlichkeit von einem Beamten seines Standes zu erwarten war. Wer ihn näher kannte, konnte leicht den Eindruck gewinnen, er verfüge über zwei, von einander völlig unabhängige Sprachzentren, zwischen denen er mühelos hin und her zu schalten verstand.

„Ich darf zunächst Herrn Kindler bitten, den strittigen Sachverhalt und unsere rechtliche Einordnung zu erläutern."

Die wesentlichen Überlegungen waren schnell vorgetragen. Die Entscheidung, die Kindler aufgrund der Einwendungen zu überprüfen hatte, war seiner Meinung nach nicht zu beanstanden. Es ging um keine wirklich schwierigen rechtlichen Fragen, eher um eine banale, alltägliche Angelegenheit. Seine Überlegungen dazu hatte er dem Anwalt bereits schriftlich ausführlich zukommen lassen, ohne darauf allerdings eine Antwort erhalten zu haben.

Auch jetzt machte Rechtsanwalt Dr. Abbas keine Anstalten, den Begründungen Kindlers nachvollziehbare, rechtliche Argumente entgegen zu setzen. Stattdessen erging er sich in allgemeinen Ausführungen und unverhohlenen, persönlichen Angriffen. Gerade im Fall seines Mandanten sei es unangemessen, am Buchstaben des Gesetzes zu kleben, dieser sei als Neubürger mit kurdischem Hintergrund mit dem hiesigen Rechtssystem verständlicherweise nicht vertraut, in solchen Fällen müssten Ausnahmen möglich sein. Er sei schon überrascht, dass hier nicht mit dem nötigen Feingefühl vorgegangen werde, obgleich er bei objektiver Betrachtung nicht habe erwarten können, dass ein kleiner Beamter das wirtschaftliche Verständnis und die notwendigen juristischen Fähigkeiten aufbringe, um diese Angelegenheit zu einem befriedigenden Ergebnis zu führen.

Winkler rutschte bei den Worten des Anwalts unruhig auf seinem Stuhl hin und her. Bevor er darauf etwas erwidern konnte, ergriff Kindler das Wort. Er bemühte sich, sachlich zu bleiben und erläuterte, dass die in diesem Fall anzuwendenden gesetzlichen Bestimmungen leider keine Ausnahmen zuließen. Er sei unabhängig von den persönlichen Verhältnissen des Betroffenen an die Regelungen gebunden.

„Ich habe zwar Verständnis, dass Sie mit dem Ergebnis meiner Prüfung nicht zufrieden sind. Das Gesetz ist meiner Meinung nach an dieser Stelle aber eindeutig. Ich sehe also keine Möglichkeit, anders zu entscheiden. Es steht Ihnen selbstverständlich frei, diese Entscheidung gerichtlich überprüfen zu lassen."

Der obligatorische Hinweis auf die Klagemöglichkeit schien dem Mandanten überhaupt nicht zu gefallen. Womöglich hatte sein Begleiter ihm Hoffnung gemacht, die Angelegenheit hier klären zu können. Jetzt empörte er sich lautstark in seiner Muttersprache und krönte seinen Ärger abschließend mit dem unschönen Wort „Nazimethoden".

„Ich muss doch sehr bitten", entgegnete Winkler mit deutlich ungehaltenem Unterton, aber immer noch im Sprachmodus zwei.

„Ein wenig Verständnis für den Ärger meines Mandanten werde ich doch noch erwarten dürfen", unterbrach ihn der Anwalt, „Ich selbst habe mich schon bei dem Gedanken ertappt, ob Art und Weise ihrer Entscheidungsfindung nicht ausländerfeindliche Züge aufweisen."

Mit dieser Bemerkung war für Winkler eine Grenze überschritten. Er stand kurz davor, das Gespräch mit einem seiner gefürchteten Ausfälle zu beenden, besann sich aber rechtzeitig. Er atmete einmal tief durch und bewahrte Ruhe.

„Offensichtlich ist es auch Ihnen nicht gelungen, bei Ihrem Mandanten ein wenig das Verständnis für unser Rechtssystem zu erhellen. Ich will da gerne etwas nachhelfen. Die Tatsache nämlich, dass wir ohne Ansehen der Person, ohne Berücksichtigung der politischen Überzeugungen oder des gesellschaftlichen Hintergrundes entscheiden und dass Sie diese Entscheidung jederzeit von einem unabhängigen Gericht überprüfen lassen können, ist so ziemlich das genaue Gegenteil von „Nazimethoden". Ich sehe Ihnen nach, wenn sich diese Erkenntnis bei Ihnen noch nicht eingestellt hat, muss mich aber nachdrücklich dagegen verwehren, dass Sie mich und meinen Mitarbeiter in die Nähe solcher Machenschaften rücken."

Die an den Mandanten gerichteten Worte ließen noch ein gewisses Verständnis erahnen.

„Ihnen gegenüber, Herr Dr. Abbas, fällt es mir deutlich schwerer, Nachsicht zu üben. Den sachlichen Ausführungen von Herrn Kindler haben Sie, soweit ich erinnere, kein einziges, stichhaltiges Argument entgegen gehalten. Stattdessen stellen Sie völlig haltlose Vermutungen in den Raum. Das ist mit Verlaub eines Anwalts unwürdig!"

Winkler verspürte ganz offenbar nicht die geringste Lust, die Verhandlung fortzusetzen.

„Meine Herren", fuhr er fort, „da Sie an einer sachlichen Diskussion kein Interesse zeigen, betrachte ich unsere Unterredung für beendet. Sie erhalten unseren schriftlichen Bescheid."

Er erhob sich, öffnete die Tür und zeigte den verdutzten Herren den Weg zum Fahrstuhl. Mit einem hingeworfenen „Unverschämtheit" verstaute Dr. Abbas seine Unterlagen und machte sich wutentbrannt mit seinem Mandanten davon.

Für den Herrn Regierungsrat war die Angelegenheit damit erledigt.

Kindler blieb nach dem abrupten Ende der Veranstaltung noch eine Weile an seinem Platz. Es war nicht das erste Mal, dass solche Gespräche in ernsthafte Auseinandersetzungen mündeten, aber „Nazimethoden" waren ihm bisher noch nicht vorgehalten worden. Das schlimme Wort hing wie ein böses Omen im Raum und warf dunkle Schatten. Erinnerungen stiegen in ihm hoch, Kindheitserinnerungen. Das von Sorgenfalten gezeichnete Gesicht von Tante Dora stand ihm wieder vor Augen, der liebevolle Blick ihrer traurigen Augen und die Hand, die sanft durch seine Haare fuhr. Er sah sich auf ihrem Schoß in dem alten Korbstuhl am Fenster der Wohnküche, eng an sie geschmiegt und hörte ihre Stimme, die leise aus Pippi Langstrumpf vorlas. Nahezu gleichzeitig mit dem wohligen Gefühl dieser Erinnerung klang die alte Frage wieder an. Was war bloß los in seinem Kopf, wenn er in der Lage war, selbst diesen unerträglichen Vorwurf in solch wunderbare Gedanken und Emotionen zu verwandeln?

„Sie werden sich das Geplapper doch nicht zu Herzen genommen haben?"

Winkler stand noch in der offenen Tür des Verhandlungsraums und wartete. Die nachdenkliche Miene des jungen Kollegen war ihm nicht entgangen. Auch das war Winkler. Niemand konnte ihm nachsagen, er habe keinen Blick für die Mitarbeiter und stehe nicht ein für seine Leute.

„Sie haben sich absolut korrekt verhalten, Kindler. Abbas ist und bleibt ein Vollidiot! Keine Ahnung von nichts, aber eine arrogant große Klappe, der Herr Doktor, lachhafte Figur! Es lohnt sich nicht, sich seinetwegen Gedanken zu machen. Also kommen Sie schon. Wir trinken einen Kaffee zusammen und schlucken den Ärger mit hinunter."

Vielleicht lässt sich der Übergang in den normalen Sprachmodus mit einer Tasse Kaffee noch etwas aufhalten, dachte Kindler amüsiert und machte sich mit Winkler auf den Weg in die Cafeteria.

*

Dora Liebermann hatte nach dem Krieg nicht wieder geheiratet. Nach dem Tod ihrer Schwester, mit der sie sich lange Jahre eine Wohnung in der Stadt geteilt hatte, ängstigte sie der Gedanke, alleine zu sein genauso wie die Vorstellung, ihre letzten Jahre in einem Altenheim verbringen zu müssen. Deshalb nahm sie das Angebot ihrer Nichte gerne an, zu ihr in die kleine Oberwohnung zu ziehen, aufs Dorf, wo sie niemand kannte und wo keiner Fragen stellte, die sie nicht beantworten wollte. Die Nähe der jungen Leute tat ihr gut. Und die Dorfbewohner waren zurückhaltender als die Menschen in der Stadt. Sie ließen sich in Ruhe, erlaubten sich gegenseitig ihre Marotten und erteilten keine Ratschläge, nach denen sie nicht gefragt wurden. Hauptsache, der Vorgarten war gepflegt und der Fußweg gekehrt.

Tante Dora versuchte so gut es eben ging, sich im Haushalt des Ehepaares Kindler nützlich zu machen. Sie kümmerte sich um den kleinen Garten, kochte gelegentlich zu Mittag und beaufsichtigte Leo, das jüngste Kind der Familie.

Der kleine Nachzügler war der Sonnenschein ihrer späten Jahre.

Seine kindliche Lebensfreude war ansteckend und vertrieb am Tage die finsteren Gespenster aus dem Kopf der alten Frau. Das fröhlich strahlende

Gesicht des kleinen Kerls legte einen leuchtenden Vorhang über die quälenden Bilder, denen sie vorher Tag und Nacht ausgesetzt gewesen war. Glücksgefühle, Empfindungen, die sie glaubte längst verlernt zu haben, stellten sich ein, wenn er nur um die Ecke kam, wenn er auf sie zu rannte, beide Arme ausgestreckt oder mit einem Buch in der Hand bittend vor ihr stand, weil er vorgelesen bekommen wollte. Sein Lachen, sein fröhliches Geplapper und die Art, wie er sich auf ihrem Schoß sitzend an sie schmiegte, weckten alle guten Geister und machten ihre Tage hell.

Die Dunkelheit kam zurück in der Nacht, in den Träumen, aus denen sie erwachte, weil die Nichte ihre entsetzlichen Schreie gehört und sie geweckt hatte. Sie half ihr auf, nahm sie einfach in den Arm und hielt sie fest. Keine Fragen, kein Warum, nur die wohltuende Nähe eines lieben Menschen. Sie musste sich nicht mehr erklären. Kindlers konnten akzeptieren, dass sie keine Worte fand für die Abgründe, durch die sie gegangen war, für die entsetzlichen Jahre in Ravensbrück, für die es keine Worte gab, um zu beschreiben, was ihr angetan worden war. Die körperlichen Qualen, vor allem der seelische Schmerz, den Schergen ausgeliefert durch Verrat von jemandem, der vorgab, sie zu lieben – das alles auszusprechen, auf Worte zu reduzieren, hatte etwas Bedrohliches. Sie wollte nicht reden, hatte nie darüber reden wollen, sondern gehofft, im Mantel des Schweigens sei das Vergessen eingewoben. Vergeblich. Es wurde eher schlimmer mit den Jahren. Es gab kein Entrinnen, keine Befreiung aus dieser Hölle, der Hölle der Erinnerung. Die unermesslichen Leiden der Vergangenheit waren allgegenwärtig, versperrten ihr den Zugang zu einem lebenswerten Hier und Jetzt.

Erst dem kleinen Leo gelang, was vor ihm niemand schaffte. In seiner Gegenwart zerbrach die Wand des Schreckens und öffnete den Raum für ein kleines bisschen Glück. Mit ungläubigem Erstaunen nahmen die Eltern den Wandel wahr, den ihr Jüngster bei Tante Dora bewirkte, sahen, wie das Lächeln zurückkehrte in das vom Leid gezeichnete Gesicht und freuten sich aufrichtig über die wundersame Besserung, die der zauberhafte kleine Mann vor ihren Augen vollbrachte. Auch als Leo älter wurde, blieb die innige Verbindung zwischen den beiden der Ort, an dem Dora Liebermann zur Ruhe kam. Selbst ihre Nächte wurden ruhiger. Als Leos Mutter nach der ersten ungestörten Nacht besorgt in ihr Zimmer trat, fand sie Tante Dora in tiefem Schlaf versunken. Die Andeutung eines Lächelns auf den entspannten Gesichtszügen verriet, dass die Traumwelt der alten Frau um neue, schöne Bilder bereichert war. Fortan bat sie Leo, die Tante zu holen, wenn sie nicht zum Frühstück erschien. Wenn sie bereits wach war, stellte Dora sich schlafend, weil der kleine Spatz dann zu ihr ins Bett kroch und mit leisen Worten versuchte, sie zu wecken. Schöner konnte der Tag für sie gar nicht beginnen.

So wurden die letzten Lebensjahre von Dora Liebermann im Schoß der Familie Kindler zu den glücklichsten ihres Lebens.

Leonhard Kindler erfuhr erst nach ihrem Tod von dem schlimmen Schicksal seiner Großtante. Noch zur Schulzeit begann er, sich intensiv mit ihrer Geschichte zu beschäftigen. Er stellte Nachforschungen an und las Berichte von Leidensgenossinnen, die gelernt hatten zu reden und den Mut fanden, das Unfassbare in Worte zu kleiden. Tiefe Traurigkeit und liebevolle Dankbarkeit hielten sich seither die Waage, wenn er an sie erinnert wurde, bis Herz oder Kopf oder wo auch immer sein sonniges Gemüt beheimatet war, den Ausschlag gaben.

*

III

Kindler blieb an diesem Tag länger als üblich im Büro. Die Ereignisse des Vormittags gingen ihm nach. Er beneidete Winkler, dem es offenbar gelang, mit einer Tasse Kaffee und wüstem Geschimpfe die Sache ad acta zu legen. Ihm wollte das so recht nicht gelingen. Dabei war ihm die verquere Masche nicht neu. Nicht selten versuchten gerade Rechtsanwälte, strittige Angelegenheiten im Sinne ihrer Mandanten zu beeinflussen, indem sie von dem eigentlichen Thema ablenkten oder Konflikte schürten. Für gewöhnlich berührte ihn das kaum. Umso mehr beschäftigte ihn, wieso gerade dieser unverschämte Vorwurf bei ihm Wirkung zu hinterlassen schien, warum er sich getroffen fühlte von einer völlig haltlosen Verdächtigung. Er bemühte sich, den von Winkler angekündigten schriftlichen Bescheid zu erstellen, um sich abzulenken, konnte sich aber nicht wirklich darauf konzentrieren. Schließlich gab er entnervt auf und machte sich auf den Heimweg.

Als er das Haus verließ, empfing ihn die abendliche Stimmung eines ersten warmen Frühlingstages. Eine leichte Brise trug den Gesang der Vögel aus dem nahen Stadtpark an seine Ohren und ließ die unangenehmen Bilder des Tages in seinem Kopf verblassen. Er verspürte große Lust, den Abend in einem der zahlreichen Straßencafés der Altstadt ausklingen zu lassen. Wenn er in den Wintertagen etwas vermisste, dann waren es eben diese Stunden, draußen mit einer Tasse Kaffee, einem guten Buch oder einer netten Unterhaltung am Rande des Neumarkts, mit Blick auf die Fassade des alten Rathauses und die vorbeigehenden Menschen, die es wie ihn von Sonne und Wärme angelockt ins Freie zog. Die Aussichten, sich dort gleich ein nettes Plätzchen zu suchen, Freunde zu treffen und einen entspannten Feierabend zu verbringen, beflügelten seinen Schritt.

Dann erst sah er sie.

Elisabeth Körber stand auf dem Parkplatz neben seinem Wagen, winkend und unverkennbar bei bester Laune. Offenbar wartete sie auf ihn. Mit dem kurzen Besuch am frühen Morgen war wohl noch nicht alles gesagt. Fragend sah er sie an.

„Heute Morgen hattest du ja keine Zeit für mich, Leo. Jetzt lasse ich keine Ausreden mehr zu.“

Kindler setzte an, sich wortreich für seine morgendliche Zeitnot zu erklären. Sie ließ es nicht dazu kommen.

„Schon gut, Leo", kam sie ihm lachend zuvor, „musst dich nicht entschuldigen. Vielleicht hast du ja jetzt Zeit für eine kleine Wiedergutmachung?"

Sie habe heute ihr Auto in die Werkstatt geben müssen, erklärte sie. Es sei erst morgen gegen Mittag wieder abholbereit.

„Könntest du mich bitte nach Hause fahren?"

„Na klar, sehr gerne sogar. Steig ein."

Die unverhoffte Begegnung mit Lisa Körber malte das Bild eines Abends im Straßencafé in noch schöneren Farben. Was wäre wenn? Würde sie eine Einladung annehmen oder musste er befürchten, sich einen Korb einzufangen? Hatte sie ihm in letzter Zeit nicht genügend Gründe geliefert, allen Mut zusammen zu nehmen oder war für sie alles nur ein Spiel? Aber selbst wenn er gewollt hätte, konnte er nicht länger ignorieren, dass Lisa in ihm mehr sah als nur den freundlichen Kollegen, den sie in einer misslichen Lage um Hilfe bitten durfte; denn natürlich hätte ihr jeder Kollege an seiner Stelle allzu gerne diesen kleinen Gefallen getan. Sie hatte aber ihn gefragt, hatte wer weiß wie lange an seinem Auto gewartet und die neugierigen Blicke und mit Sicherheit einige freche Bemerkungen ertragen, alles nur, um von ihm nach Haus gefahren zu werden. Er spürte seinen Puls höher schlagen, merkte, wie dieser Gedanke in ihm Raum gewann, wie sich ganz langsam die Tür öffnete zu der Hoffnung, die er sich bislang nicht hatte zugestehen können. Und zu seiner eigenen Verwunderung konnte er zum ersten Mal solche Gedanken und Gefühle zulassen, die schon seit einiger Zeit jede Begegnung mit Lisa Körber bei ihm auszulösen vermochte, ohne ihnen sofort ein verkopftes „aber" entgegen setzen zu müssen. Frau Thiel sei Dank, dachte er wie befreit an die ähnliche Erfahrung, zu der ihm vor geraumer Zeit seine alte Freundin verholfen hatte, und ihm fiel ein, dass heute noch einige Einkäufe für sie zu erledigen waren.

„Das war allerdings nicht der Grund für den Besuch heute Morgen", unterbrach Lisa seine Gedanken, „eigentlich wollte ich dich um etwas anderes bitten."

Sie hatten inzwischen im Wagen Platz genommen. Lisa Körber saß, leicht zu ihm gewandt, neben ihm. Auf ihrem Gesicht lag ein Ausdruck von Vorfreude und gespannter Erwartung.

„Du hast doch sicher gehört, dass die Firma meines Vaters in dieser Woche ein Firmenjubiläum feiert."

Er erwiderte ihren gespannten Blick und nickte.

„Also, am kommenden Freitag findet ein gro-ßes Galadiner statt. Anschließend soll getanzt wer-den. Und ich habe noch keinen Tanzpartner."

Erwartungsvoll blickte sie ihn an. Sie sah die Bedenken in ihm aufsteigen, kannte diesen nach-denklich ausweichenden Blick und war vorberei-tet.

„Komm schon Leo, du wirst mir doch nicht schon wieder einen Korb geben?"

„Meinst du wirklich, ich bin für diesen Anlass für dich eine passende Begleitung? Ich weiß nicht..."

„Schalte mal für einen Moment deinen Kopf aus, Leo, und lass deinen Bauch sprechen! Was sagt der dazu?"

Kindler fühlte sich auf angenehme Weise durchschaut und mühte sich um eine ehrliche Ant-wort.

„Der würde schon gerne..."

„Alles andere ist ohne Bedeutung", versuchte sie den Rest seines Unbehagens beiseite zu schie-ben, „ich wünsche mir dich als Tanzpartner, natür-lich umso mehr, wenn du gerne mit mir zusam-men bist."

Sie sah, wie es in ihm arbeitete, wie er hin und her gerissen war und um eine Antwort rang. Wieder kam sie ihm zuvor.

„Dann haben wir also jetzt ein Date? Unser erstes?"

In dem fragenden Blick ihrer strahlenden Augen war die Antwort vorformuliert. Diesen Augen, diesem unwiderstehlichen Charme etwas entgegen setzen zu wollen, war aussichtslos. Es bedurfte keiner erneuten Aufforderung, den Kopf auszuschalten. Alle möglichen gedanklichen Einwände waren auf Eis gelegt. Kindler fühlte sich wehrlos, konnte aber gleichzeitig seine Glücksgefühle kaum verbergen und willigte lächelnd ein.

„Ich müsste vorher noch einen kleinen Einkauf erledigen. Ist das okay für Dich?"

„Na klar", gab sie freudig zurück, „ich habe es nicht eilig, Leo."

„Schön. Dann hast du sicher nichts dagegen, wenn ich den Einkauf bei einer Freundin abgebe, bevor ich dich heimfahre. Ich würde sie dir gerne vorstellen."

„Eine Freundin, natürlich..."

Hätte er die Folgen seiner unbedachten Bemerkung, Frau Thiel als seine Freundin auszugeben, auch nur geahnt, er hätte vermutlich eine andere

Formulierung gewählt. Anfangs freute er sich noch klammheimlich über die knappe Antwort und den Anflug von Enttäuschung, den er aus den Augenwinkeln in ihrem Gesicht wahrzunehmen meinte. Mit Worten hätte sie ihm nicht klarer beschreiben können, was sie für ihn empfand. Das beglückende Moment dieser Beobachtung war aber sehr bald eingefangen durch die Veränderung, die er nun bei Lisa Körber beobachten musste. Innerhalb weniger Augenblicke wich aus dem hübschen Gesicht seiner Begleiterin die ihm vertraut und lieb gewonnene Fröhlichkeit, mit der sie ihn eben noch am Auto empfangen hatte. Sie konnte ihre Enttäuschung und wohl auch ihr Unbehagen, nun gleich seiner unbekannten Freundin vorgestellt zu werden, nicht verbergen. In ihrem Kopf spielten sich unschöne Szenen ab. Sie hatte schon zu häufig erlebt, dass ihre bloße Anwesenheit völlig grundlose, ihr aber umso unangenehmere Eifersuchtsszenen auszulösen vermochte. In Gedanken malte sie sich aus, was alles würde passieren können in der Begegnung mit einer Frau, für deren Freund sie ehrliche Gefühle hegte.

Kindler fiel es schwer, die zunehmend gedrückte Stimmung auszuhalten. Mehr als einmal war er versucht, das Missverständnis aufzuklären. Allein der Gedanke, allein die Hoffnung auf einen Ausdruck der Erleichterung in Lisas Gesicht, wenn er die beiden miteinander bekannt gemacht hatte, ließ ihn erwartungsvoll schweigen.

Endlich angekommen, stieg er hastig aus, nahm die Tüte mit den Einkäufen vom Rücksitz und wartete. Lisa Körber regte sich nicht. Er öffnete ihre Tür.

„Komm schon, Lisa!"

Und ohne zu wissen, wie recht er haben würde, fuhr er fort:

„Sie wird sich bestimmt freuen, dich kennen zu lernen."

„Hältst du das wirklich für eine gute Idee? Ich weiß nicht. Ich habe kein gutes Gefühl dabei."

„Lisa, bitte. Schalte mal für einen Moment deinen Bauch aus", bediente er sich ihrer Worte und versuchte mit einem unschuldigen Lächeln zu überzeugen, „Denkst du wirklich, ich würde dich noch vor unserem ersten Date einer unangenehmen Situation aussetzen?"

Frau Thiel bereitete ihrem Besuch einen herzlichen Empfang.

„Hallo Leo, oh..., heute in charmanter Begleitung. Das ist aber eine schöne Überraschung."

„Guten Abend, Frau Thiel. Ich möchte Sie gerne mit Lisa bekanntmachen, eine.... Arbeitskollegin."

Er ärgerte sich maßlos, sich für die Vorstellung keine passende Formulierung zurecht gelegt zu haben. Seine stockenden Worte waren ihm sichtlich unangenehm. Aber was hätte er auch sagen sollen in einem Moment, in dem das nur kollegiale Verhältnis zu Elisabeth Körber gerade von seinen Gefühlen überholt zu werden schien? Wie gut, dass auf Frau Thiel Verlass war. Sie verspürte feinfühlig die aufkommende Verlegenheit und rettete die Situation mit einer freundlichen Einladung.

„Das freut mich sehr. Kommen Sie bitte rein. Der Kaffee wartet schon auf uns."

Nicht nur das Alter der Gastgeberin ebneten im Nu die Sorgenfalten auf der Stirn von Elisabeth Körber. Der Charme der alten Dame und ihre aufrichtige Freundlichkeit schufen eine Atmosphäre, in der sie sich sichtlich wohlfühlte. Sie hatte schon nach kurzer Zeit keine Mühe, sich angeregt an der Unterhaltung zu beteiligen, ganz so, als wäre es nie anders gewesen, als hätten sie schon immer zu dritt zusammengesessen und über Gott und die Welt geplaudert. Kindler freute sich im Stillen, dass die beiden sich ganz offensichtlich auf Anhieb sympathisch waren. Und er war froh und erleichtert, seine Begleiterin wieder lächeln zu sehen, auch wenn der funkelnde Blick, den sie ihm zwischendurch verstohlen zuwarf, zu verstehen gab, dass seine unbedachte, kleine Frechheit wohl noch ein Nachspiel haben würde. Dessen ungeachtet machte die heitere, fast ausgelassene Stimmung bei Kaffee und Kuchen auf schöne Weise den Stein der Erleichterung hörbar, der den beiden jungen Leuten aus ganz unterschiedlichen Gründen vom Herzen fiel.

„Eine Arbeitskollegin also. Ich müsste mich schon sehr täuschen, wenn da nicht etwas mehr im Spiel ist", raunte Frau Thiel Kindler bei der Verabschiedung leise zu. Lisa Körber war schon zum Auto vorgegangen und konnte so die leichte Verlegenheit, mit der Kindler bei dieser Bemerkung zu kämpfen hatte, nicht wahrnehmen. Vermutlich hätte es ihr gefallen.

„So ganz unrecht haben Sie nicht", erwiderte Kindler schließlich. „Ich mag sie wirklich sehr. Aber..." gab es dann lachend zu bedenken, „sie müsste mich ja mit Ihnen teilen. Das ist doch eher unwahrscheinlich."

„Braver Junge."

Frau Thiel strich lächelnd mit ihrer Hand über seine Wange und verfolgte mit wohlwollendem Kopfschütteln seinen Weg zum Auto. Sie wunderte sich seit langem, warum ihr sympathischer Unterstützer ohne feste Bindung war. Diese junge Frau jedenfalls, dessen war sie sich sicher, hatte alle Chancen, sein Singledasein zu beenden. Sie wünschte es ihm von Herzen.

„Ach Leo, beinahe hätte ich es vergessen", rief sie ihn nochmal zu sich, „ich wollte Sie noch um etwas bitten."

Sie habe eine Einladung zu dem Galadiner anlässlich des Jubiläums der Firma Körber erhalten, erzählte sie in freudiger Erregung. Alleine würde sie der Einladung allerdings nur ungern folgen.

„Ich würde mich aber sehr freuen, wenn Sie sich die Zeit nehmen könnten, um mich zu begleiten. Auf das anschließende Tanzvergnügen sind wir ja gut vorbereitet. Was sagen Sie dazu?"

Kindler schaute sie mit großen Augen an und überlegte. Dann drehte er sich zum Auto um, in dem Lisa bereits Platz genommen hatte und bat sie, zurück zu kommen. Erstaunt, aber in gelöster Stimmung, kam die junge Frau ihnen entgegen.

„Haben wir noch etwas vergessen?"

„Nein, das nicht", erwiderte Kindler lachend, „aber offensichtlich haben die Damen sich heute abgesprochen, mich in Verlegenheit zu bringen. Wie anders lässt sich erklären, dass mich die beiden Frauen, die mir – neben meiner Mutter, versteht sich – am meisten bedeuten, am selben Tag zu der gleichen Veranstaltung einladen?"

„Aber nein, das konnte ich nicht ahnen. Wenn Sie schon mit Lisa verabredet sind, stehe ich selbstverständlich gerne zurück."

Auch wenn Frau Thiel nicht die Absicht hatte, den beiden jungen Leuten im Wege zu stehen, war eine leichte Enttäuschung in ihrer Stimme nicht zu überhören. Die bloßen Worte, mit denen Lisa Körber antwortete, hätten wohl als Reaktion auf diese Enttäuschung missverstanden werden können, ihre Stimme und der strahlende Gesichtsausdruck ließen aber keine Zweifel an ihrer Aufrichtigkeit zu.

„Das ist doch gar kein Problem", entgegnete sie fast euphorisch, „wir können doch zu dritt gehen. Ich würde mich freuen, die nette Unterhaltung von heute Nachmittag fortzusetzen und Leo kann sich bei der Gelegenheit gleich als ausdauernder Tanzpartner beweisen. Der erste Tanz gehört Ihnen, Frau Thiel."

Frau Thiel freute sich so sehr über diese überraschende Reaktion, dass sie die junge Frau spontan in den Arm nahm und herzlich drückte. Kindler war einfach nur erleichtert. Besser hätte diese Geschichte für mich gar nicht ausgehen können, dachte er. Und das versteckte Lächeln, das ihm Frau Thiel zuwarf, erinnerte ihn daran, dass das eben noch scherzhaft vorgebrachte Argument dem Charme von Lisa Körber nur wenige Minuten standgehalten hatte.

„Wie kommen Sie denn eigentlich zu der Einladung?" wandte sich Frau Thiel interessiert an Lisa.

„Sie haben ja sicher bemerkt, dass die Vorstellung von Leo nicht so ganz vollständig war", antwortete sie lachend und mit einem vielsagenden Blick, „meinen Nachnamen hat er auch unterschlagen. Ich bin Elisabeth Körber. Mein Vater ist der Inhaber der Firma."

„Sie sind ein Schatz, Leo. Was für ein Glück, Ihre Bekanntschaft gemacht zu haben. Jetzt lerne ich durch Sie auch noch die Enkelin meines alten Freundes Wilhelm kennen. Kommt, lasst euch drücken."

Sie nahm die beiden überraschten jungen Leute in den Arm und wollte sie gar nicht mehr loslassen.

„Sie kennen meinen Großvater? Davon müssen Sie mir unbedingt erzählen."

„Ach, dass ist eine lange Geschichte. Dazu ist jetzt wohl nicht die Zeit", wiegelte Frau Thiel ab. Sie hatte Wilhelm Körber gefühlt schon ewig nicht mehr gesehen. Ihre Wege hatten sich vor langer Zeit getrennt. Begegnungen in jüngster Zeit waren eher zufällig. Umso mehr hatte es sie überrascht, von ihm eine Einladung zu der Jubiläumsfeier zu erhalten, musste sich aber eingestehen, dass sie voll freudiger Erwartung dem Wiedersehen entgegen fieberte. Zu dumm, dass ich mich Lisa gegenüber zu dieser Bemerkung habe hinreißen lassen, dachte sie. Ihr war überhaupt nicht wohl bei dem Gedanken, sich dazu bei den anstehenden Feierlichkeiten erklären zu müssen.

„Besuchen Sie mich doch einfach diese Woche nochmal", wandte sie sich an Lisa Körber, „vielleicht Donnerstagnachmittag. Sie könnten mir gleich dabei helfen, eine passende Garderobe für Freitag zu finden. Ich bin noch sehr unschlüssig, was ich tragen soll."

„Sehr gerne, Frau Thiel."

Die Vorfreude auf den Besuch, bei dem sie Neuigkeiten über ihren geliebten Großvater zu erfahren hoffte, stand der jungen Frau ins Gesicht geschrieben.

„Ich bringe das Kleid mit, das ich tragen werde. Vielleicht finden wir ja sogar etwas, was gut dazu passt. Das wäre doch großartig."

„Falls dabei männlicher Rat hilfreich sein sollte…", versuchte Kindler sich vorsichtig bemerkbar zu machen.

„Das könnte dir so passen, Leo", bremste Lisa seine Neugier, „wir können das ganz gut ohne dich. Du kannst dich in der Zeit um deinen Auftritt kümmern. Bin gespannt, wie du im Anzug aussiehst."

Bislang hatte Kindler noch keinen Gedanken an diese Frage verschwendet. Hatte er für den Zweck etwas Angemessenes im Schrank oder war die unerwartete Einladung ein guter Anlass, sich einen neuen Anzug zu kaufen? Egal, die Sache hatte keine Eile. Ich kann ohnehin anziehen, was ich will, dachte er. In Gesellschaft dieser beiden werde ich auch in feierlicher Garderobe wirken wie der farblose Körper zwischen den schillernden Flügeln eines Schmetterlings.

Frau Thiel war nach der kurzen Verabschiedung froh, einen kleinen Aufschub bekommen zu haben. So blieb ihr genügend Zeit für eine kurze und sicherlich schmerzliche Reise in die Vergangenheit, Zeit nachzudenken, wie sie Elisabeth Körber würde erklären können, dass das Leben manchmal Wege bereit hält, die nur schwer anzunehmen sind.

Die beiden jungen Leute hatten kaum im Auto Platz genommen, als Lisa Körber anfing, ihrem Fahrer heftige Knuffe in die Seite zu versetzen.

„Das hast du absichtlich gemacht, Leo!"

„Was denn....", stellte sich Kindler ahnungslos und versuchte sich vorsichtig des Angriffs zu erwehren.

„Eine Freundin! Du weißt genau, was ich meine!"

„Nein, ehrlich Lisa..."

Sie ließ nicht von ihm ab, hörte nicht damit auf, ihn wenn auch weniger heftig mit ihren Händen zu drangsalieren, bis Kindler endlich seine Arme um sie legte, um die nicht ganz unwillkommene spielerische Rangelei langsam zu beenden. Einen kleinen Moment versuchte sie noch, seiner Umarmung zu entkommen, umarmte ihn dann aber ihrerseits und zog ihn näher zu sich. Für einige Sekunden verharrten sie in dieser Haltung, Sekunden, in denen er die zarte, warme Haut ihrer Wange an seiner spürte, den Duft ihrer Haare in sich auf sog, sie einatmete. Immer noch eng umschlungen, eingefangen im Nebel aufkommender Gefühle, hörte er sich schließlich leise sagen:

„Ich kenne mich mit diesen Dingen nicht so gut aus, Lisa......weißt Du, ob es für das erste Rendezvous und den ersten Kuss eine festgelegte Reihenfolge gibt?"

Sie traute ihren Ohren kaum. Seit Wochen hatte sie versucht, sich ihm zu nähern, ihm zu zeigen, wie sehr sie ihn mochte, unaufdringlich, aber offen, hatte sich gemüht, diesem liebenswerten Kerl auch nur einen Satz zu entlocken, der mehr als bloße Sympathie kundtat. Ohne jeden Erfolg. Die angeborene Schüchternheit, die sie dahinter vermutete, stand wohl gerade nicht zur Verfügung oder dieser Tag, dieser Nachmittag hatte alles verändert.

Und ohne weiter darüber nachzudenken, gab sie ihm wortlos die Antwort, nach der sich beide sehnten.

*

Auf der kurzen Fahrt zur Körberschen Villa vor den Toren der Stadt herrschte im Auto jener verstörende, emotionale Ausnahmezustand, der nur einer aufblühenden Liebe eigen ist, diese ersten, verzauberten Stunden, die lange, manchmal auf ewig in Erinnerung bleiben, Augenblicke mit dem Gefühl von inniger Nähe, in denen Sprache an Bedeutung verliert, weil es keine Worte braucht um auszudrücken, was man denkt und fühlt. Nur zärtliche Blicke. Sanfte Berührungen. Glühende Gesichter. Bis schließlich das Schweigen nicht mehr trägt, einzelne Worte geflüstert werden oder die Gefühle sich Bahn brechen in Lachen, ein überschwängliches, glückliches Lachen, häufig aus nur geringem Anlass, aber immer aus dem schönsten aller Gründe.

Als Kindler seinen Wagen auf das weitläufige Gelände der Villa lenkte, war das Auto erfüllt von eben diesem Gelächter der Glücklichen. Er hatte keine Augen für die prächtige Allee aus alten Pappeln, die zu dem Haus führte, dem satten Grün des Rasens, durch die Blüten unzähliger Krokusse mit einem lila Schimmer versehen, nicht für die Tulpen und Narzissen auf dem großzügigen Rondell vor der Eingangstür. Erst als er seinen Wagen anhielt, fiel sein Blick auf das prächtige Wohngebäude der Körbers.

„Ein wunderschönes Haus", murmelte er.

„Du kannst gerne noch einen Blick hineinwerfen, wenn du magst. Ich könnte dich dann gleich meiner Mutter und meinem Großvater vorstellen."

„Nein, nein", wehrte er ab, „ich kenne mich zwar nicht wirklich damit aus, aber ich bin sicher, das sollte wohl doch warten bis nach dem ersten Rendezvous. Ein zweiter Kuss dagegen...."

Mehr musste er an Überzeugungsarbeit nicht leisten.

„Sehen wir uns morgen?", wollte Lisa nach der innigen Verabschiedung wissen.

„Ich kann dich morgen früh gerne abholen. Im Verlauf des Tages wird es dann eher schwierig", antwortete er mit gut gespieltem Bedenken, „allerdings könnten wir uns heute Abend einfach nochmal zusammensetzen und überlegen, ob es in meinem vollen Kalender nicht doch noch ein kleines Zeitfenster gibt."

Netter Versuch, dachte sie leicht amüsiert, und doch irgendwie anders. Vor allem fühlte es sich anders an. Sie war glücklich und hätte am liebsten sofort zugesagt, ließ ihn aber einen Moment warten, bevor sie antwortete.

„Lass mich kurz überlegen, Leo. In meine Sprache übersetzt heißt das wohl: Du möchtest den Abend mit mir verbringen. Richtig?"

„Unbedingt", flüsterte er.

„Ich bin in einer Stunde fertig. Und lass mich nicht wieder warten!", ergänzte sie mit einem

Blick, der einen angedeuteten, drohenden Unterton augenblicklich zunichte machte.

Es wäre auch nicht nötig gewesen, ihren Worten Nachdruck zu verleihen. Natürlich würde er pünktlich sein.

Als sie die Haustür hinter sich geschlossen hatte, blieb er noch einen Augenblick stehen. Die Ereignisse und Bilder des Nachmittags, die genauso unerwartete wie überwältigende Begegnung mit der Liebe, vermischten sich mit der aufregenden Vorstellung, auch noch den Abend mit ihr verbringen zu können, einen Abend auf dem Neumarkt unter Vorzeichen, die er sich in seinen kühnsten Träumen nicht hätte ausmalen können. Was für ein Tag, dachte er, als er schließlich den Wagen startete, der glücklichste Tag in meinem Leben.

*

IV

Lisa Körber entledigte sich ihres Mantels, verstaute die Arbeitstasche im Wandschrank und stand eine Weile wie benommen im Hausflur. Die emotionale Erregung, dieses schier unglaubliche Glücksgefühl, ließ sich nicht wie ein Kleidungsstück einfach zur Seite legen. Ihr Herz pochte wie wild, ihre ganze Gefühlswelt war in Aufruhr und ihr wurde bewusst, dass sie diesen Moment herbeigesehnt hatte, ohne auch nur im Geringsten zu ahnen, was er bei ihr auslösen würde. Sie genoss diese Minuten des Aufgewühltseins, alleine, nur mit sich und ihren Gedanken. Vor lauter Glück hätte sie die ganze Welt umarmen können.

Als sie strahlend für eine kurze Begrüßung das Wohnzimmer betrat, blickte sie in fragende Gesichter. Mutter und Großvater Körber, der vor kurzem nach dem Tod seiner Ehefrau zu ihnen gezogen war, hatten am Fenster sitzend ihre Ankunft beobachtet und warteten auf eine Erklärung.

„Von wem hast du dich denn gerade so innig verabschiedet?"

Frau Körber war sich im Klaren darüber, dass ihre attraktive Tochter zahlreiche Verehrer haben musste. Lisa hatte ihr bislang allerdings noch nie die Gelegenheit gegeben, sie in einer solchen Situation zu sehen. Ihre mütterlichen Gedanken wanderten zwischen Freude, Beunruhigung und gespannter Neugierde hin und her. Der Versuch, die Frage wie beiläufig daher kommen zu lassen, gelang nur mäßig. Wilhelm Körber konnte ein Lächeln nicht verbergen.

„Das war Leo, ein befreundeter Arbeitskollege. Leonhard Kindler. Er hat mich gefahren, weil mein Auto noch in der Werkstatt ist."

In der Vorfreude auf den gemeinsamen Abend verspürte Lisa Körber keine große Lust auf lange Erklärungen. Sie versuchte, das Gespräch kurz zu halten.

„Du wirst dich doch hoffentlich nicht von jedem Kollegen so verabschieden, nur weil er so nett ist, dich nach Hause zu fahren", gab sich Frau Körber mit den wenigen Worten nicht zufrieden.

„Nein, keine Sorge, Mama. Aber ihn mag ich wirklich sehr. Alles weitere erklär ich dir später."

Damit wollte sie es genug sein lassen und wäre im nächsten Moment schon auf dem Weg in ihr Zimmer gewesen, wenn sie in der Tür nicht noch die leise Stimme ihres Großvaters vernommen hätte.

„Leonhard Kindler", murmelte er, „wie die Zeit vergeht."

Lisa sah ihren Großvater mit großen Augen an.

„Was meinst du damit, Opa? Kennst du ihn etwa?"

„Nein, nicht persönlich", erwiderte Wilhelm Körber nachdenklich.

„Aber...."

Jetzt war es Lisa, die eine Erklärung wollte.

„Nun, ich habe gehört, dass er als kleiner Junge der armen, gequälten Dora Liebermann zu einem glücklichen Lebensabend verholfen hat. Deinem freundlichen Chauffeur scheint eine besondere Begabung in die Wiege gelegt worden zu sein, auch deinem Gesichtsausdruck nach zu urteilen."

In den Zügen des alten Herrn spiegelte sich eine uneingeschränkte Freude über das offensichtliche Glück seiner einzigen Enkeltochter.

„Wer bitte ist Dora Liebermann? Dieser Schlingel steckt voller Überraschungen. Heute Nachmittag habe ich ihn zu einer alten Dame begleitet, die ihn wohl auch in ihr Herz geschlossen hat. Eine Frau Thiel."

Nach der Begegnung in der Humboldtstraße war Lisa gespannt, wie ihr Großvater auf diesen Namen reagieren würde.

Senior Körber erhob sich aus seinem Sessel. Er ging langsam auf Lisa zu und fragte mit leiser Stimme, fast flüsternd:

„Frau Thiel? Welche Frau Thiel?"

„Ihren Vornamen hat sie mir nicht verraten", entgegnete Lisa vorsichtiger, „sie wohnt in dem schönen Fachwerkhaus vorne in der Humboldtstraße, eine ausgesprochen freundliche und gut aussehende alte Dame."

Es ist wohl besser, nicht davon zu reden, was Frau Thiel mir anvertraut hat, dachte sie.

„Meinen wir die gleiche Frau? Kennst du sie?"

„Ja, ich kenne sie gut. Und du hast natürlich recht. Sie ist eine ganz entzückende Person", antwortete er.

Der Klang dieser Worte verrieten mehr als Wilhelm Körber eigentlich hatte preisgeben wollen. Die beiden Frauen spürten, dass etwas Außergewöhnliches in dem alten Mann vorging, dass er um Haltung rang und Mühe hatte, seine Fassung zurück zu gewinnen. Lisa war überhaupt nicht daran gelegen, ihren Großvater in Verlegenheit zu bringen. Eher um die aufkommende Stille im Raum zu überspielen, fragte sie liebevoll nach.

„Magst du mir von ihr erzählen, Opa?"

„Später vielleicht", wich er nachdenklich aus, „das ist eine lange Geschichte."

Mutter und Tochter warfen sich einen heimlichen, irritierten Blick zu als er Anstalten machte zu gehen. In der schon offenen Tür wandte er sich überraschend noch einmal um und sah seiner Enkeltochter liebevoll in die Augen.

„Ich habe das Gefühl, du bist zum ersten Mal richtig verliebt. Es ist dir ernst mit ihm - oder?"

Die plötzliche Frage hing gefühlt eine kleine Ewigkeit unbeantwortet und schwer im Raum. Dabei hätte es eigentlich keiner Erwiderung bedurft, weil das Leuchten in den Augen von Lisa Körber jegliche Antwort entbehrlich machte.

„Was ist denn das jetzt für eine Frage, Wilhelm?", schaltete sich Frau Körber ein.

„Eine sehr wichtige", entgegnete er ruhig lächelnd, „vielleicht die wichtigste Frage im Leben überhaupt."

Er hielt seinen Blick weiter auf seine Enkeltochter gerichtet, geradezu so, als wolle er sie sanft zwingen, ihre Mimik in Worte zu fassen. Und er sah, wie sie die Gedanken sortierte, wie sie ihren Gefühlen nachspürte und um Ausdruck und Worte bemüht war.

„Es ist nicht leicht zu beschreiben, was ich empfinde, Opa", begann sie eine Antwort, die eine tiefe Vertrautheit zwischen den beiden offenbarte, „immer wenn Leo in meiner Nähe ist, wenn er mich anlächelt oder auch nur seine Hand auf meine legt, könnte ich zerspringen vor Glück. Es ist unglaublich schön. Ich habe so etwas bisher noch nie erlebt. Ja, ich glaube, ich bin total verliebt."

„Das ist gut", befand er immer noch lächelnd, „das freut mich sehr für Dich."

Wilhelm Körber verharrte noch einen Moment im Türrahmen stehend als wollte er noch etwas ergänzen, schien sich dann aber anders entschieden zu haben und verließ ohne weitere Worte den Raum.

„Na, das sind mal Neuigkeiten."

Frau Körber nahm ihre Tochter in den Arm und drückte sie herzlich.

„Das ist so schön", freute sie sich mit Lisa, vermochte dann aber doch ihre mütterliche Fürsorge nicht ganz zu unterdrücken.

„Aber bitte versprich mir, nichts zu überstürzen, Liebes."

„Mama, ich bin kein Kind mehr!"

Lisa löste sich vorsichtig aus der Umarmung ihrer Mutter und lachte.

„Du wirst ihn bald kennenlernen, er begleitet mich am Freitag. Ich bin sicher, du wirst ihn mögen!"

„Wenn er weiter alles dafür tut, dass du glücklich bist, dass du so strahlst wie jetzt, hat er mich schon gewonnen. Wenn nicht, dann kann er was erleben!"

„Ich weiß, Mama", lachte Lisa, „aber ich habe das gute Gefühl, dass er genau der Richtige für mich ist."

„Das wünsche ich dir von Herzen, Liebes. Aber sag mal, was war denn das gerade mit deinem Großvater?"

„Keine Ahnung", antwortete Lisa, „obwohl Frau Thiel schon angedeutet hat, dass sie sich kennen. Aber das scheint ja 'eine lange Geschichte' zu sein. Frau Thiel wird übrigens am Freitag auch mit dabei sein. Opa hat sie eingeladen."

„Das wird ja immer besser. Bin gespannt, was dein Vater dazu sagt."

„Ich finde, das kann unser kleines Geheimnis bleiben, Mama. Papa wird es früh genug erfahren, wenn es denn etwas zu erfahren gibt."

Mit diesen Worten und dem Hinweis, sie sei heute Abend noch mit Leo verabredet, verschwand Lisa im Bad und ließ eine nachdenkliche Mutter im Wohnzimmer zurück. Sie konnte kaum erwarten, ihren Mann von den Neuigkeiten zu berichten und war gespannt auf seine Reaktion.

Ein kleines Geheimnis würde sie aber wohl für sich behalten.

*

V

Der Inhaber der Körber-Werke unterbrach gegen alle Gewohnheit seine Arbeit schon am frühen Nachmittag. Die Sekretärin schaute besorgt hinterher, als er ohne sich zu erklären das Büro verließ und einen schönen Feierabend wünschte. Solange sie sich erinnern konnte, war es das erste Mal, dass er vor ihr nach Hause ging. Nachzufragen verbot sich ihr von selbst. Es war auch nicht erforderlich. Sie kannte ihn zu lange und gut genug, um nicht zu merken, dass ihr Arbeitgeber seit einigen Tagen unkonzentriert und nicht wie üblich bei der Sache war. Er wirkte fahrig, hätte ohne ihre wiederholten Erinnerungen wichtige Termine verpasst und bewegte sich kaum aus seinem Büro. Ihre Gespräche verliefen seltsam eintönig und anders als üblich ohne jedes private Wort. Sie war zunächst irritiert gewesen, fragte sich, ob sie etwas Falsches gesagt oder getan hatte. Aber nein, die Ursache war nicht bei ihr zu suchen, dessen war sie sich inzwischen sicher. Ihr Chef zeigte sich entgegen seinem sonst freundlichen und offenen Wesen denkbar verschlossen und in sich gekehrt. Er schien mit sich selbst beschäftigt. Es mussten schon außergewöhnliche Umstände sein, anders war diese Veränderung nicht zu verstehen.

Wilhelm Körber setzte sich in sein Auto und verließ begleitet von den verwunderten Blicken seiner Mitarbeiter das Firmengelände. Er dachte nicht daran, sich auf den Heimweg zu machen, sondern lenkte seinen Wagen in die Stadt und parkte am Rande des Neumarktes. Das Zentrum der kleinen Stadt war belebt wie schon lange nicht um diese Tageszeit. Die Aufbauarbeit der letzten Jahre hatte sich gelohnt und eine erfreuliche wirtschaftliche Entwicklung eingeleitet. Die neuen Geschäfte zogen Besucher auch aus dem nahen Umfeld in die Stadt. Männer und Frauen, einige mit prall gefüllten Einkaufstüten, flanierten über den von alten Platanen umsäumten Platz oder ließen sich in einem Straßencafé in der warmen Frühlingssonne nieder. Eine Gruppe gutgekleideter junger Männer gönnte sich vor der alten Brauerei in fröhlich lauter Stimmung ein Feierabendbier.

Körber hatte Zeit. Ihm blieb noch etwa eine halbe Stunde.

Unweit der Stelle, an der seine frisch verliebte Enkeltochter Jahrzehnte später einen unvergesslichen Abend erleben würde, fand er einen freien

Tisch, setzte sich und bestellte einen Kaffee. Der Tisch war mit Bedacht gewählt. Er gewährte einen guten Blick auf die Nikolai-Kirche, die ihre Backsteintürme gleich neben der gotischen Fassade des alten Rathauses in den sonnigen Maihimmel streckte. Der eherne Griff des schweren Kirchenportals aus dunklem Eichenholz glitzerte im Sonnenlicht. Die arbeitsreichen Jahre hatten nicht viel Raum gelassen für Stunden der Muße und der Entspannung. Er versuchte vergeblich sich zu erinnern, wie lange sein letzter Besuch an diesem beschaulichen Ort zurücklag. Seine Gedanken ließen ihm nicht die Ruhe. Ort und Zeit, die frühsommerlichen Kulisse des belebten Neumarkts, unterstützt durch das Stimmengewirr der Menschen um ihn herum, führten seine Gedanken zurück, zurück in eine andere Stadt, auf einen anderen Neumarkt, um Jahre zurück in die Vergangenheit.

Wie heute hatte er damals in einem Straßencafé gesessen, gleich gegenüber von dem berühmten Brunnen mit der Neptun Skulptur, die von den Einheimischen liebevoll spöttisch „Gabeljürgen" genannt wurde. Der junge Offizier war in den letzten Kriegsmonaten in der niederschlesischen Metropole mit der technischen Leitung einer Nachschubeinheit beauftragt worden. Wenn es die Umstände zuließen, gönnte er sich gelegentlich und zumeist allein diese kleine Auszeit in dem Bemühen, seinem bedrückenden Alltag mit ein wenig Normalität zu entfliehen. Hier fühlte er sich nicht alleine mit dem Wunsch, die Augen zu verschließen vor der grausamen Realität und der Allgegenwart des Todes. Die ersten warmen Tage des Jahres schienen die Menschen darüber hinwegtäuschen zu können, dass die Front und das drohende Unheil immer näher rückten. Es herrschte eine merkwürdige, fast ausgelassene Atmosphäre in den Cafés auf dem Breslauer Neumarkt, gerade richtig, um auf andere Gedanken zu kommen. Er bestellte einen Kaffee und sah dabei in die Augen dieser bezaubernden jungen Frau, die sein Leben verändern sollte. Mitten in einer vom Krieg zerrissenen und aufgewühlten Welt erlebten sie in den folgenden sechs Monaten eine Oase der Glückseligkeit, in die sich mit zunehmender Dauer die Sorge um die Zukunft einschlich, bis schließlich die berechtigte Angst in Verzweiflung mündete, als im Januar 1945 alles im Chaos unterging. Schon im August, als die Stadt im irren Wahn zur „Festung" erklärt wurde, hatte er versucht, Elisabeth zur heimlichen Abreise zu bewegen. Sie mochte sich nicht dazu durchzuringen, der gebrechlichen Eltern wegen, wie sie sagte, aber wohl auch, weil sie das Glück festhalten wollte, das sie mit ihm erlebte in einer ansonsten an glücklichen Momenten armen Zeit.

Selbst nur mit Mühe dem Tod und der Gefangenschaft entronnen, versuchte er nach Kriegsende, sie ausfindig zu machen. Er wusste sicher, dass sie mit der ersten Evakuierungswelle im Januar die Stadt verlassen hatte und hoffte inständig, sie möge die Beschwernisse der Flucht, die erbarmungslose Kälte des harten Winters und die Angriffe russischer Jagdflieger auf die wehrlosen Flüchtlingstrecks heil überstanden haben. Zehn lange Jahre setzte er alles daran, sie zu finden, schrieb Briefe an das Rote Kreuz und alle denkbaren Organisationen, die dabei behilflich sein könnten, in den Kriegswirren getrennte Familien und Paare wieder zusammenzuführen. Aber seine Bemühungen blieben ohne Erfolg. Ein ums andere Mal hatte er mit zittrigen Händen die Antwortschreiben geöffnet und wurde wieder und wieder enttäuscht. Und mit jedem Brief, mit jeder Absage verschwand ein kleines Stückchen Hoffnung zwischen den Deckeln einer Akte, die er seit dieser Zeit an einem sicheren Ort verwahrte. Schweren Herzens, lange Zeit untröstlich und der Verzweiflung nahe, gestand er sich schließlich ein, dass alles Hoffen vergebens war, dass die glücklichen Tage in kriegerischen Zeiten keine Fortsetzung finden sollten in einer friedlicheren Welt.

Mit Mitte dreißig lernte er Eva kennen, die Tochter eines befreundeten Bauunternehmers aus der Nachbarstadt. Er mochte sie sehr. Sie war eine liebe und verständnisvolle Person, attraktiv und voller guter Laune. Ihr und ihrem fröhlichen Wesen gelang es, ihm seinen Kummer um die verlorene Liebe zu nehmen, ohne dass er je mit ihr darüber gesprochen oder auch nur etwas angedeutet hatte. Er wollte sie weder beunruhigen noch verletzen. Daneben hatte der Aufbau des Unternehmens aus kleinen Anfängen zu einem stattlichen Betrieb seine ganze Aufmerksamkeit gefordert, ihn über die Maßen beansprucht und seine Gedanken in eine andere Richtung gelenkt. Als mit der Zeit, die nur sprichwörtlich alle Wunden heilt, die Erinnerungen langsam verblassen wollten, wehrte er sich nicht mehr dagegen und versuchte sich aufzurichten an dem kleinen, konkreten Glück, das ihm mit Eva und der Geburt ihrer beiden Söhne geschenkt war.

Oder hatte er alles nur verdrängt?

Es hatte jedenfalls nicht viel bedurft, um die Bilder wieder wachzurufen und mit ihnen die Erinnerung an das frühe Glück und die qualvollen Jahre nach dem Krieg. Mit ungeheurer Kraft setzten sie ihm zu und wirbelten seine Gedanken- und Gefühlswelt durcheinander wie eine Sturmböe, die in einen Haufen vertrockneter Blätter gefahren war.

„Sieh mal einer an", hatte Eva Anfang der Woche am Frühstückstisch seine Zeitungslektüre unterbrochen, „da hat der Herr Bankdirektor doch noch eine Frau abbekommen. Er heiratet am Wochenende. Wer hätte das gedacht?"

„Warum denn nicht", antwortete er, noch leicht amüsiert über den scherzhaften Unterton seiner Frau, „der Mann ist schließlich eine gute Partie, Eva."

„Kein bekannter Name, Elisabeth Kaluza. Habe ich noch nie gehört. Vermutlich von außerhalb."

Körber war innerlich erstarrt und zu keiner Antwort mehr fähig. Allein der Klang dieses Namens, ihres Namens, nahm ihm für einen Moment alle Sinne. Und dann, als hätte sich mit dem Namen in seinem Innersten eine heimliche Schublade aufgetan, war plötzlich alles wieder da. Er vergrub sein Gesicht in der Zeitung, murmelte eine kaum verständliche Antwort und machte sich auf den Weg zur Arbeit wie ein Flüchtender vor einer nahenden Katastrophe.

*

„Na, Herr Körber, der Kaffee ist doch jetzt sicher kalt. Darf ich Ihnen einen neuen bringen?"

Der Aufmerksamkeit des Kellners war es nicht entgangen, dass der stadtbekannte Unternehmer seit gut zwanzig Minuten gedankenverloren in seinem Kaffee rührte, ohne auch nur einen Schluck getrunken zu haben. Wilhelm Körber war die Sache unangenehm. Er ärgerte sich, auffällig geworden zu sein, setzte ein gezwungenes Lächeln auf und entschuldigte sich.

„Oh, tut mir leid. Ja, ein heißer Kaffee wäre jetzt nicht schlecht. Vielen Dank."

Er merkte, wie mit dem Blick in die Vergangenheit seine innere Anspannung gewachsen war. Konnte das wirklich sein oder war es nur eine zufällige Namensgleichheit? Und wenn, wie damit umgehen, wie weiterleben in unmittelbarer Nähe zu ihr, in derselben Stadt, beide mit einem anderen Partner verheiratet. Die Vorstellung, ihr bei gesellschaftlichen Anlässen in dieser überschaubaren Kleinstadt zu begegnen, in ihre Augen zu sehen, in diese Augen, mit denen alles angefangen hatte, beunruhigte ihn zutiefst. Was würde das bei ihm auslösen und wie würde sie reagieren? Oder hatte sie mit dem frühen Glück, mit ihm, längst abgeschlossen? War sie besser als er in der Lage gewesen, einen Schlussstrich zu ziehen oder nun wie er selbst auch soweit, das Schöne und Machbare dem lange Erträumten vorzuziehen? Würde diese Entscheidung einer Begegnung, einem nicht mehr für möglich gehaltenen Wiedersehen standhalten? Er schwankte zwischen Hoffen und Bangen und mühte sich, eine entspannte Haltung einzunehmen, lehnte sich in seinem Stuhl zurück und nahm vorsichtig die Kaffeetasse in die Hand.

In diesem Moment öffneten sich die Tore der Nikolai-Kirche.

Eine Hochzeitsgesellschaft betrat die Vorstufen des imposanten Gotteshauses, vorweg Hand in Hand das lächelnde Brautpaar. Das strahlend weiße Kleid, noch dazu von der Frühlingssonne beschienen, hob die Braut auch optisch in den Mittelpunkt der fröhlichen Szenerie. Nach dem obligatorischen Kuss für das Foto wurden sie von ihren zahlreichen Gästen bestürmt und nahmen unter den neugierigen Blicken der Neumarktbesucher Glückwünsche, herzliche Umarmungen und erste kleine Geschenke entgegen. Es wurde über die üblichen Scherze gelacht, applaudiert und man ließ das Brautpaar hochleben. Die Gruppe der jungen Männer vor dem Bierlokal setzte sich, mit reichlich Sektflaschen und Gläsern bestückt, in Richtung der festlichen Gesellschaft in Bewegung und schon hallte das Geräusch knallender Sektkorken über den Neumarkt. Am Fuße der Treppe versuchte ein

Photograph das Geschehen einzufangen, immer auf der Suche nach schönen Motiven für einen gelungenen Schnappschuss. Schließlich bat er darum, man möge sich auf der Treppe zu einem gemeinsamen Foto aufzustellen. Es dauerte eine Weile bis endlich alle Gäste, Braut und Bräutigam in ihrer Mitte, einen Platz eingenommen hatten, der den Künstler in ihm zufrieden stellte.

Für die Braut bedurfte es keiner Aufforderung, ein Lächeln zu zeigen. Sie machte einen äußerst glücklichen Eindruck. Elisabeth Thiel, geborene Kaluza freute sich auf ein Leben in neuer Umgebung. Dem Flair dieser kleinen norddeutschen Stadt, die nun ihre künftige Heimat sein sollte, war sie von Anfang an erlegen. Kein Vergleich mit Karl-Marx-Stadt, dachte sie zurück an den Ort, wo sie die schweren Zeiten nach dem Krieg verbracht hatte. Sie war ihrem Mann unendlich dankbar dafür, alle politischen und bürokratischen Widerstände überwunden zu haben, um sie in den Westen zu holen. Der Neuanfang mit diesem liebevollen Mann an ihrer Seite malte eine Zukunft in den schönsten Farben. Sie ließ ihren Blick über den Neumarkt schweifen, sog alles in sich auf als müsse sie befürchten, im nächsten Moment aus einem Traum zu erwachen, die frisch gestrichenen historischen Häuserfronten, das bunte Treiben auf dem Platz, das fröhliche Stimmengewirr der Menschen um sie herum und in den Cafés. Alles war so anders, so freundlich und selbst die Sonne hatte sich offenbar vorgenommen, diesen Tag für sie unvergesslich zu machen. Sie sah die Menschen, einige freundlich herüber winkend, andere im Gespräch vertieft oder Zeitung lesend, bis ihr Blick unvermittelt haften blieb an einer Person, einem Mann mittleren Alters, der ihre ganze Aufmerksamkeit auf sich zog. Er stand mit hellgrauem Anzug und offenem Mantel, eine Kaffeetasse in der Hand, vor einem nahen Café und sah wie gebannt in ihre Richtung. Sie strich mit einer für sie typischen Bewegung der rechten Hand den Schleier zur Seite, der ihr von einer leichten Brise ins Gesicht geweht worden war. Elisabeth Thiel wollte ihren Augen nicht trauen. Aber diese Haare, wenn auch leicht ergraut, die aufrechte Körperhaltung, diese großen, dunklen Augen und schließlich die etwas umständliche Art, eine Kaffeetasse zur Hand zu nehmen, die sie immer amüsiert hatte, verschafften ihr beklemmende Gewissheit. Sie sahen sich lange an.

Kein Zweifel, er war es.

*

VI

Langsam leerte sich das Foyer der Stadthalle. Nur einige wenige vornehm gekleidete Damen und Herren blieben zurück, lehnten an den in weißes Tuch gehüllten Stehtischen, ein Sektglas in der Hand und zu sehr ins Gespräch vertieft, um die sich ausbreitende Aufbruchstimmung wahrzunehmen. Die anderen Gäste machten sich in kleinen Gruppen auf den Weg in den großen Saal. Ein freundliches Servicepersonal, adrett gekleidete junge Männer und Frauen, geleitete sie an ihre Plätze. Die festlich eingedeckten Tische standen locker im Raum um eine freie Fläche gruppiert, groß genug, um allen Gästen nach dem offiziellen Part Bewegung zu verschaffen.

Carsten Körber, der Inhaber der Firma, wirkte etwas unruhig und warf einen nervösen Blick auf die große Uhr über dem Eingang. Zusammen mit seiner Ehefrau und dem Seniorchef empfing er oben am Treppenaufgang des Foyers die ankommenden Besucher in der guten Absicht, jeden Gast persönlich zu begrüßen. Es war an der Zeit, sich in den Saal zu begeben, aber noch schienen nicht alle erwarteten Gäste eingetroffen zu sein.

Etwas abseits, schräg gegenüber von den Gastgebern an einem eigens für ihn freigemachten Tisch begann Albrecht Wimmer damit, seine Ausrüstung zu verstauen. Er wollte zunächst das weitere Geschehen von der Empore aus verfolgen, bevor er sich mit seinen Kameras nach unten in den Festsaal begab. Wimmer war froh, damit beauftragt zu sein, auch die Bilder dieses Tages für die Unternehmenschronik beizusteuern, an der seit einigen Wochen aus Anlass des Firmenjubiläums gearbeitet wurde. Die Zeiten waren schwerer geworden für Photographen. Keine Spur mehr von dem florierenden Geschäft der Anfangsjahre. Den einträglichen Verkauf von Kameras und Zubehör hatten längst Supermärkte und große Elektronikketten übernommen. Dieser Konkurrenz konnte er, der Inhaber eines kleinen Photogeschäfts in der Innenstadt, nur wenig entgegensetzten. Deshalb war jeder Auftrag willkommen. Aber unabhängig davon war und blieb die Photographie seine große Leidenschaft. Im richtigen Augenblick auf den Auslöser zu drücken, einen charakteristischen Blick, eine Geste oder typische Haltung in passender Umgebung einzufangen, hatte für ihn einen magischen Reiz und erfüllte ihn, wenn es denn gelungen war, mit tiefer Befriedigung. Er liebte sei-

nen Beruf und mochte sich trotz der engen finanzi-
ellen Umstände nichts anderes vorstellen.

Gerade war er dabei, seine alte Hasselblad ein-
zupacken, als sich die Eingangstür für drei späte
Gäste öffnete, die seine volle Aufmerksamkeit,
mehr noch, das geübte Auge des Photographen für
den besonderen Moment, auf sich zogen. Als sich
unwillkürlich alle Blicke auf die Neuankömmlinge
richteten, einem jungen Mann in weiblicher Begleitung, hielt Wimmer für einen Moment den Atem
an. Die beiden Frauen an der Seite des jungen
Mannes, eine junge, etwa gleichaltrige und eine
Dame in weit fortgeschrittenem Alter, mochten bei
flüchtiger Betrachtung wenig gemeinsam haben;
und doch vermittelte die Szene von der ersten Se-
kunde an den Eindruck seltener Eintracht, einer
bemerkenswerten Harmonie, stimmig, und schön
wie gemalt. Wie alle Gäste festlich gekleidet, überraschten die Damen angesichts des Altersunterschiedes mit einem beeindruckenden Zusammen-
spiel der Proportionen und einer sommerlichen
Abendgarderobe im Gleichklang von Schnitt und
Farbe. Die körperbetonten, kniefreien Kleider aus
fließendem Stoff und dazu, farblich abgestimmt,
Schuhe mit etwas gewagtem Absatz verliehen jeder ihrer Bewegungen Eleganz und eine Leichtigkeit, die selbst den Altersunterschied vergessen
ließ. Der junge Mann im dunkelblauen Anzug und

hellgrauer Krawatte passte perfekt ins Bild. Selbst die leichte Anspannung, die man ihm ansehen konnte, erschien angemessen und angesichts seiner atemberaubenden Begleitung nur zu berechtigt. Zudem erzeugten sie in der Art und Weise, wie sie miteinander umgingen, mit den achtsamen Blicken, die sie sich, aber auch den Umstehenden zuwarfen, jene positive Ausstrahlung, die nur wenigen Menschen eigen ist, diese besondere Präsenz, die sofort jeden Raum erfüllt, den sie betreten. Und nicht zuletzt war der Betrachter fasziniert von der ungewöhnlichen Konstellation, dieser offenbar innigen Verbindung von jung und alt, alles wie gemacht für die aufregende Arbeit hinter der Kamera, ein Auge offen durch den Sucher, das andere fest geschlossen und nach innen gerichtet auf der Suche nach Einklang zwischen Seele und Motiv.

Betont achtsam führte der junge Mann die beiden Frauen die Stufen hinauf, die junge an seiner linken Hand und die ältere eingehakt an seiner Rechten. Seinem Gesicht war das Glück abzulesen, das ihn mit seiner Begleitung umgab.

Er hatte wohl auch allen Grund dazu. Ihn selbst hatte Wimmer noch nie gesehen, die junge Frau an seiner Seite erkannte er aber als Tochter der Familie Körber. Wer mit der einzigen Tochter des Inhabers dieser Firma liiert war, konnte sich zu

Recht glücklich schätzen, ganz abgesehen davon, dass die junge Frau Körber äußerst attraktiv war. Schon allein deshalb würde der junge Mann vermutlich an diesem Abend die heimliche Missgunst der männlichen Gäste auf sich ziehen.

Mit Ausnahme der des Photographen.

Wimmer versteckte weiter sein Gesicht hinter der Kamera und hatte nur Augen für die andere Frau, die ältere der beiden. Er kannte sie seit langem. In seinem heimischen Atelier waren zwei große Schubladen reserviert, in denen er die Photographien, die er über die Jahre von ihr gemacht hatte, wie einen kleinen Schatz verwahrte. Als jungem Mann war ihm das Glück zuteil worden, die Bilder ihrer Hochzeit mit dem Direktor seiner Hausbank aufzunehmen. Seither hatte er jede Gelegenheit genutzt, diese in seinen Augen unfassbar schöne Person abzulichten. Nicht zuletzt ihretwegen hatte er sich der örtlichen Presse als Photograph angedient, um bei allen öffentlichen Anlässen präsent zu sein, immer in der Hoffnung, sie dort zu sehen. Mit der Zeit sammelte sich in seinen Schubladen eine beträchtliche Anzahl schöner Photographien, wundervolle Porträts einer Frau, mit der ihn mehr verband als er sich eingestehen mochte. Nach dem Ruhestand ihres Mannes hatten sich dazu nur noch wenige Möglichkeiten ergeben. Ihr hier völlig unerwartet zu begegnen, versetzte ihn in höchste Anspannung. Er war fasziniert wie am ersten Tag. Sein Blick klebte wie gefesselt an der Frau, an dieser Figur, an der unnachahmlichen Art, sich zu bewegen, aber vor allem, an diesem Gesicht mit den großen, tiefliegenden strahlend blauen Augen mit leichtem Silberblick, diesem Mund, der sich mit einem entwaffnenden Lächeln einseitig leicht nach oben verzog und eine kleine Zahnlücke preisgab, alles umgeben von leicht gewellten schulterlangen Haaren, ursprünglich dunkelblond, jetzt fast weiß mit einem leichten, rötlichen Schimmer. Sie würde wie immer diesen Abend für ihn unvergesslich machen, war schon jetzt seine Königin der kommenden Stunden. Natürlich nur als Photograph, als Ästhet, als jemand der ein geschultes Auge für die schönen Momente des Lebens hatte und deshalb geradezu verpflichtet war, sie photographisch festzuhalten.

Natürlich.

Gespannt wartete er, wie die Begegnung zwischen ihr und dem alten Herrn Körber ausfallen würde. Er ahnte, war sich fast sicher, dass sie sich näher standen, als es auch jetzt den Anschein hatte. Zufällig war er vor Jahren Zeuge einer Begegnung zwischen den beiden geworden. Nach Öffnung der innerdeutschen Grenze beruflich in Chemnitz unterwegs, sah er Wilhelm Körber und Elisabeth Thiel zu seiner Überraschung aus einiger

Entfernung in einem Straßencafé. Die Art der Unterhaltung, die offensichtliche Vertrautheit und die körperliche Nähe der beiden, unterdrückte seinen Impuls, zur Kamera zu greifen. Er beabsichtigte keineswegs, seiner Sammlung kompromittierende Aufnahmen hinzuzufügen und behielt seine Beobachtung für sich, auch wenn Fragen blieben, auf die er im Grunde keine Antwort wollte.

„Herzlichen Willkommen, Frau Thiel. Wir freuen uns sehr, dass Sie der Einladung gefolgt sind. Mein Vater hat darauf bestanden, dass Sie heute Abend den Platz neben ihm einnehmen. Ich hoffe sehr, er zeigt sich als würdiger Begleiter."

Wimmer sah sich durch die Begrüßungsworte von Carsten Körber in seiner Einschätzung bestätigt.

„Und jetzt lerne ich also endlich auch den großen Unbekannten kennen, der dafür verantwortlich ist, dass ich meine Tochter in letzter Zeit kaum mehr zu Gesicht bekomme", hörte er Carsten Körber weiter sagen, „Junger Mann, wir werden heute Abend ein ernstes Gespräch miteinander führen müssen."

Der Ton dieser Worte spielte eine wohlwollende Melodie.

„Dazu wirst du kaum Zeit haben, Papa", ging die junge Frau lachend dazwischen, „es sind bestimmt jede Menge wichtiger Personen eingeladen, die alle mit dir reden wollen."

„Sie haben natürlich recht", bekannte sich der junge Mann schuldig, „ich war in den letzten Tagen wohl etwas egoistisch. Wann immer Sie die Zeit finden, Herr Körber, ich stelle mich."

Frau Körber nahm ihn mit einem „Herzlich Willkommen" lachend in den Arm.

„Mein Mann wollte in seiner spröden Art nur damit zum Ausdruck bringen, wie sehr wir uns freuen, Sie kennen zu lernen."

In gelöster Stimmung und angeregter Unterhaltung begab man sich in den Festsaal, begleitet von den Blicken eines Photographen, in dessen Kopf sich schon die Bilder formierten, die diesen Abend und seinen kleinen, privaten Schatz bereichern würden.

*

Am Tisch der Familie Körber waren die Plätze zugeteilt, in der Mitte das Ehepaar Körber und Jochen Körber, der Bürgermeister mit seiner Gattin, daneben Wilhelm Körber und Frau Thiel. Am anderen Ende neben ihrer Mutter saß Lisa Körber, daneben Kindler. Ein Blick in den Festsaal auf die zahlreichen Gäste vermittelte ihm das unschöne Gefühl, aus allen Richtungen kritisch beäugt zu werden.

Kein Wunder, dachte er, was mache ich auch hier?

Bevor die alten Zweifel stärker werden konnten, wandte er sich Lisa zu und sah in ihre leicht geröteten Augen. Eigentlich hätte sie jetzt das Bett hüten sollen. Am Morgen mit einer fiebrigen Erkältung aufgewacht, wollte sie aber unter keinen Umständen die Feierlichkeiten verpassen und war nur mit Hilfe von Medikamenten in der Lage, den Abend durchzustehen. Sie hielt sich tapfer.

„Du hast keine Chance, zu entkommen", sagte sie bestimmt, als habe sie seine Gedanken gelesen, „Du bleibst schön an meiner Seite. Ich werde dich infizieren....mit meiner Grippe."

Zärtlich nahm sie seine Hand und gab ihm einen vorsichtigen Kuss auf die Wange.

„Ich bitte darum", erwiderte Kindler lachend und aufs Neue erstaunt, mit welcher Leichtigkeit es ihr gelang, all seine Bedenken und Selbstzweifel in Wohlgefallen aufzulösen.

Der Abend nahm ansonsten den bekannten Verlauf derartiger Veranstaltungen. Der Festrede des Firmeninhabers folgten verschiedene Grußworte aus Politik und Wirtschaft und ein vorzügliches Essen. Als die ersten Takte der Musik erklangen, erhob man sich und begab sich auf die Tanzfläche.

Kindler nahm Lisa an die Hand und ging mit ihr auf die andere Seite des Tisches, wo Wilhelm Körber eben Frau Thiel um den ersten Tanz gebeten hatte.

„Entschuldigung, Herr Körber", sprach er den verdutzten alten Herrn lächelnd an, „aber der erste Tanz mit Frau Thiel ist mir versprochen. Vielleicht kann Ihre reizende Enkelin Ihnen ein wenig über die berechtigte Enttäuschung hinweg helfen. Danach stehe ich selbstverständlich gerne zurück."

„Tut mir leid, Wilhelm", bat Frau Thiel lachend um Verständnis, „aber Lisa und ich haben es ihm tatsächlich versprochen. Aber der nächste Tanz ...gehört nur uns."

Der zärtliche Blick, mit dem sie ihren alten Freund bei diesen Worten bedachte, war für Wilhelm Körber bedeutsamer als sie ahnte. Er willigte gerne ein, bat Lisa zum Tanz und sah sich zugleich ermutigt, an der ungewöhnlichen, vielleicht sogar verrückten Idee festzuhalten, die ihn seit Wochen umtrieb. Die beiden ungleichen Paare gingen unter den neugierigen Augen der Gesellschaft Hand in Hand durch den Raum und stellten sich auf zum Tanz.

Das Parkett war inzwischen gut gefüllt mit Gästen, die sich endlich bewegen oder auch nur ihr Geschick auf der Tanzfläche unter Beweis stellen wollten. Aber noch bevor die ersten Rhythmen erklangen, richtete sich alles Interesse auf das eine Paar. Vielleicht war es die in privaten Stunden lange eingeübte Zeremonie, mit der Elisabeth Thiel und Leonhard Kindler die Blicke auf sich zogen, die charmante Verbeugung des jungen Mannes, der tiefe, ausdauernde Blick in die Augen, der sinnliche Moment, als er ihre ausgestreckte Hand umfasste und sie mit sanftem Druck näher zu sich zog, dann aber die Anmut ihrer Bewegungen, die Leichtigkeit, mit der die betagte Frau von dem jungen Mann über die Tanzfläche geführt wurde oder eben dieses unwiderstehliche Lächeln einer Frau, die ganz im Einklang mit der Musik und ihrem jugendlichen Partner in ihrem Element und der Welt entrückt schien.

Und Kindler?

Er nahm die bewundernden Blicke nicht mehr wahr. Als befänden sie sich im Wohnzimmer in der Humboldtstraße, gab es in diesem Augenblick nur sie und ihn. Mit jedem Schritt, mit jeder Drehung mehr in den vertrauten Armen löste sich seine innere Anspannung, übertrugen sich die beschwingten Bewegungen auf sein Gemüt, jeden Moment genießend, bis die letzten Takte des Walzers verklungen waren. Bei der abschließenden Umarmung flüsterte er ihr ein aufrichtiges Dankeschön ins Ohr.

„Für diesen Tanz, und dafür, dass Sie mich auf die Herausforderungen dieses Abends so gut vorbereitet haben", beantwortete er ihren fragenden Blick und begleitete sie zu Wilhelm Körber, der es kaum erwarten konnte, seine Elisabeth auf die Tanzfläche zu führen.

„Na, das war mal ein Auftritt! Ich wusste gar nicht, dass du so gut tanzt. Und dann deine Freundin! Man könnte eifersüchtig werden...", kommentierte Lisa mit gespieltem Vorwurf das Geschehen.

„Schon vergessen? Ich bin der mit den Komplexen", entgegnete Kindler lachend und nahm sie in den Arm, „aber ja, Frau Thiel könnte mich in Versuchung bringen. Ich denke aber, gegen deinen Großvater habe ich keine Chance."

Er erntete einen strafenden Stups in die Seite, bevor die wieder einsetzende Musik die beiden umspielte und mit sich führte, von Tanz zu Tanz, von Mal zu Mal besser aufeinander abgestimmt und mit sichtbar wachsendem Vergnügen, ein vor aller Augen glückliches Paar, das damit begann, zum Jahrestag der elterlichen Firma an seiner eigenen Geschichte zu schreiben.

*

„Was machen die beiden denn da?"

Frau Körber machte ihren Mann von der Tanzfläche aus auf ihren Schwiegervater und Frau Thiel aufmerksam. Neben dem jungen Mann an der Seite ihrer Tochter galt die ganze Zeit ihr besonderes Augenmerk der für sie immer noch unklaren Verbindung der beiden Senioren. Ihr Mann hatte vor Tagen mit einiger Verwunderung erzählt, dass sein Vater ohne sich näher zu erklären, die Witwe des Bankdirektors zu den Feierlichkeiten eingeladen hatte. In dem Gespräch ließ sie die kleine Begebenheit im Wohnzimmer unerwähnt, konnte jetzt ihre Neugier aber kaum verbergen. Würde dieser Abend noch eine Überraschung bringen? Sie sah die beiden in angeregte Unterhaltung vertieft und hätte einiges darum gegeben, Mäuschen spielen zu dürfen.

Wilhelm Körber hatte einen passenden Moment abgewartet, um sich mit Elisabeth Thiel an den ansonsten leeren Tisch der Familie zurückzuziehen. Er wirkte angespannt.

„Ich habe lange überlegt, Elisabeth", begann er ein Gespräch, das er schon zigmal vorgedacht hatte, „mit Rücksicht auf die Familie vielleicht schon zu lange. Aber die Zeit steht nicht still und mir, ...uns, verbleiben vielleicht nur noch wenige gute Jahre. Diese Zeit, das ist mein innigster Wunsch, würde ich gern mit dir verbringen. Was meinst du dazu?"

„Wilhelm!" erwiderte sie ein wenig erstaunt, aber sichtlich berührt, „ist das jetzt ein Antrag?"

Sie merkte, wie schwer ihr alter Freund sich bei diesen Worten tat und schenkte ihm ein ermutigendes Lächeln.

„Wenn du so willst, ja. Und ganz offiziell."

Er kramte etwas erleichtert, aber immer noch nervös, in der Innentasche seiner Anzugjacke und legte etwas vor ihr auf den Tisch, ein kleines Geschenk, sorgsam verpackt in silbrig glänzendem Papier mit einer zierlichen, roten Schleife.

„Für Dich", murmelte er.

Sie sah ihn mit leuchtenden Augen an und öffnete geduldig, aber mit offensichtlicher Vorfreude die Verpackung.

„Wunderschön."

Abwechselnd sah sie auf den Ring in ihren Händen und in die fragenden Augen ihres Verehrers.

„Wenn der jetzt auch noch passt, kann ich wohl kaum mehr nein sagen."

Behutsam schob sie das Schmuckstück auf den Ringfinger ihrer linken Hand.

„Perfekt."

„Heißt das: Ja?"

Sie sah ihm tief in die Augen, legte ihre Arme um seinen Hals und flüsterte ihm ihre Antwort ins Ohr.

„Gerne, sehr gerne sogar. Lisa und ich werden heute Abend die glücklichsten Frauen auf der Welt sein."

Für eine Weile hielten sie sich fest umschlungen. Dann erhob Wilhelm Körber sich.

„Darf ich dann jetzt um einen Verlobungstanz bitten?"

Arm in Arm schritten sie zur Tanzfläche, beide überglücklich und voller Hoffnung, anknüpfen zu können an den Traum, den zu leben ihnen für lange Zeit verwehrt gewesen war.

*

„Würdest du bei dem nächsten Tanz bitte mit mir Vorlieb nehmen, Lisa", wandte sich Wilhelm Körber an seine Enkeltochter, „es gibt interessante Neuigkeiten. Und du sollst sie als Erste erfahren. Dein junger Freund wird sicher gerne mit mir tauschen, nehme ich an."

„Um ehrlich zu sein, Herr Körber", antwortete Kindler, die Augen mehr auf Frau Thiel als auf seinen Gesprächspartner gerichtet, „sind Sie damit nur einem unausgesprochenen Wunsch zuvor gekommen."

Frau Thiel empfing ihn mit einem freundlichen „Kleiner Charmeur" und bot ihm ihre Hand.

„Aber schön sittsam", scherzte Lisa, „ich hab euch im Auge!"

Die bezaubernde alte Dame tat einen bedachten Schritt zurück, musterte ihren jugendlichen Partner von Kopf bis Fuß, ging wieder auf Tuchfühlung und legte im keck die Hand auf den Po.

„Ein bisschen wirst du schon noch um ihn kämpfen müssen, Liebes", raunte sie Lisa zu, um gleich darauf mit Kindler abzutauchen in die ihnen so vertraute Welt aus beschwingter Bewegung und Musik, der sie die wohltuende Nähe des jungen Mannes verdankte.

Am Ende des Tanzes fanden sie wieder zusammen, die beiden jungen Leute mehr begeistert als erstaunt über die aufregende Neuigkeit. Glückwünsche und Umarmungen zeigten auch den Umstehenden an, dass das Firmenjubiläum offensichtlich nicht der einzige Grund zum Feiern war. Erleben zu dürfen, wie diese beiden, allen Konventionen und ihrem Alter zum Trotz, einen Neuanfang wagten und damit der alten Liebe eine neue Chance gaben, erfüllte Kindler mit unbändiger Freude. Mit der überraschenden Wendung das eigene Glück, das er mit Lisa erlebte, nun teilen zu können mit seiner verehrten alten Freundin, war für ihn die Krönung dieses außergewöhnlichen Abends. Er hielt Frau Thiel immer noch fest im Arm, beseelt von dem Zauber des Augenblicks und als könnte er mit ihr dieses Glück festhalten, das ihn ganz und gar erfüllte.

Bis eben zu dem Moment, in dem er die fremde Hand auf seiner Schulter spürte.

*

VII

Grantler musste sich beeilen. Wenn er seinen Artikel noch in der Samstagsausgabe platzieren wollte, blieb ihm noch eine knappe Stunde. Das war eng, aber zu schaffen. Den größten Teil hatte er ohnehin schon zu Papier gebracht. Ein paar allgemeine, einleitende Worte, einige Zitate aus der Rede des Firmeninhabers, dem Grußwort des Bürgermeisters, das Übliche eben. Blieb nur noch der Schluss und eine Überschrift. Die musste sitzen! Interesse wecken für ein im Grunde langweiliges Thema. Er hatte schon Formulierungen im Kopf, ins Unreine gedacht, aber gut genug, um daraus etwas zu machen.

Eigentlich waren ihm diese Veranstaltungen zuwider. Jubiläen, Firmeneröffnungen, Sonntagsreden – immer das gleiche, langweilige Zeug. Alltagsgeschichten einer verschlafenen Kleinstadt, Banalitäten in Ereignisse umschreiben. Er hatte genug davon. Als freier Mitarbeiter der örtlichen Tageszeitung blieb ihm keine Wahl. Die interessanten Reportagen teilten die festangestellten Kollegen unter sich auf. Er hatte schon alles versucht. Ohne

Erfolg. Sie ließen ihn nicht zum Zuge kommen. Eifersüchtig, egoistisch, kleinkariert – die ganze Truppe. Für ihn blieb nur biedere Hausmannskost.

„Sie müssen mir nicht jedes Mal aufs Neue beweisen, dass Sie Ihren Namen zu Recht tragen."

Er hatte seinen Widerwillen gegen den stupiden Auftrag wohl mal wieder zu offen zu Markte getragen. Die spitze Bemerkung des Chefredakteurs ließ ihn kalt. Verständnis durfte er von dem nicht erwarten. Der Typ war selbstverliebt und ohne das geringste Gespür für Talent. Geringschätzung statt Anerkennung – das war seine Devise. Aber sei's drum. Dieses Mal hatte er sich verschätzt, der feine Herr Redakteur. Dieses Mal gab es eine Nachricht. Nicht nur das übliche Einerlei, dieses gegenseitige Schulterklopfen von Politik und Wirtschaft. Einen kleinen Eklat. Immerhin. Daraus ließ sich etwas machen.

Entgegen aller Gewohnheit war er länger geblieben als unbedingt nötig. Der Gastgeber hatte ihn auf ein Glas Wein gebeten. Da sagt man nicht nein. Oder war es doch eher seine journalistische Spürnase? Wenngleich...der Wein...ein edler Tropfen. Zwei, drei Gläser mochten es wohl gewesen sein. Die Körbers verstanden zu leben. Kein Wunder, die mussten nicht knausern. Vermutlich alles aus der Portokasse bezahlt. Wie auch immer. Er war jedenfalls dabei, bei der hitzigen Auseinandersetzung, die jetzt noch eingearbeitet werden musste. Unbedingt. Und er konnte noch zulegen. Es blieben Fragen, die geklärt sein wollten. In der kommenden Woche, den ein oder anderen Artikel nachschieben, warum nicht? Sollten sich ruhig ärgern, ihn geschickt zu haben. Nicht selber gegangen zu sein, die hochnäsigen Herrschaften aus der Redaktion. Mussten sich eben was aus den Fingern saugen, um die Seiten zu füllen. Das war jetzt seine Story. Daraus ließ sich etwas machen.

Hatte ihn unsanft zu Seite geschoben, dieser arrogante Fatzke. Sich nicht mal entschuldigt. Was der sich einbildete. Das hatte ihn jedenfalls aufmerksam gemacht. Hatte alles gesehen und mit angehört. Aus unmittelbarer Nähe. So ist das nun mal. In solchen Situationen entscheidet es sich. Journalistisches Mittelmaß oder ausgewiesene Expertise, hintergründige Reportage oder allgemeines Blabla. Sein Ding, seine Chance. Er hatte schließlich einen Auftrag zu erfüllen. Öffentlichkeit herstellen, Transparenz. Keine bloße Lobhudelei und schöne Bilder. Die Volksseele beruhigen? Von wegen! Der Finger musste auch mal in die Wunde gelegt werden. Bei allem Respekt. Sicher, fundierte Recherche gehört dazu. Aber der Anfang war gemacht. Einer der Beteiligten war Angehöriger einer örtlichen Verwaltung, soviel war klar.

Nicht ohne Brisanz, die Sache. Und in der nächsten Woche weitersehen, Kontakte spielen lassen, nachhaken, aufklären. Ohne Ansehen der Person. Darum ging es.

Jetzt aber ran! Die Zeit lief. Klare, griffige Formulierungen mussten her. Und Bilder. Natürlich. Dieser Wimmer hatte ja wohl hoffentlich aufgepasst. Gleich mal nachfragen. Ein guter Schnappschuss wäre nicht schlecht. Vielleicht reichte es für Seite 1. Einen Versuch war es wert.

Seine Stunde war gekommen.

*

„Habe mich doch nicht getäuscht. Das ist tatsächlich der kleine Ausländerfeind mit den Nazimethoden. Was machen Sie denn hier?"

Dr. Abbas sprach so laut, dass alle Umstehenden auf der Tanzfläche ihre Gespräche unterbrachen und aufmerksam wurden. Er hatte sich seiner Anzugjacke und der Krawatte entledigt, den oberen Knopf des Hemdes geöffnet und artikulierte undeutlich. Das halbvolle Sektglas in seiner Hand war erkennbar nicht das erste Getränk des Abends.

„Und noch dazu in so charmanter Begleitung", richtete er sich an Frau Thiel, „Gnädige Frau, meine Verehrung."

Elisabeth Thiel fühlte sich ganz offensichtlich nicht geschmeichelt. In nur Bruchteilen von Sekunden verdüsterte sich die Miene der alten Frau. Kindler, selbst konsterniert und im ersten Augenblick zu keiner Antwort fähig, erschrak, weil er sie so noch nie erlebt hatte. Sie war sichtlich empört über die ungehörige Anrede. Statt des eben noch glücklichen Lächelns spiegelten die großen Augen unmissverständlich eine abgrundtiefe Abneigung gegen den ungebetenen Gast. Eine Eiseskälte legte sich auf ihre Züge, unvermittelt und mit einer verstörenden Wirkung, fast beängstigend.

„Was denken Sie sich!", fuhr sie den Anwalt mit gefährlich leiser Stimme an, „meinen netten, jungen Freund hier mit derart abscheulichen Ausdrücken zu belegen. Unverzeihlich, noch dazu in Ihrem Alter. Solche Worte leichtfertig zu verwenden, schämen Sie sich! Unter diesen Umständen würde ich es vorziehen, wenn Sie Ihre Verehrung in die finstere Höhle zurückbegleiten, aus der sie beide eben herausgekrochen sind."

Der messerscharfe Ton und die wegwerfende Handbewegung ließen Abbas einen Schritt zurückweichen, weit genug für Kindler, um sich schützend vor seine verehrte Freundin stellen. Aus der guten Absicht, damit Abbas auf Distanz halten, ergab sich indes eine etwas unglückliche, konfrontative Stellung, die befürchten ließ, die Sache könnte eskalieren.

„Ich denke, Herr Dr. Abbas, wir sollten den feierlichen Anlass des heutigen Abends nicht mit beruflichen Dingen belasten", versuchte er die Situation zu retten, „Ab Montag stehe ich gerne für ein klärendes Gespräch zur Verfügung, wenn Sie mögen."

„Na, sieh mal einer an. Jetzt spielt er auch noch den Beschützer! Glauben Sie etwa, dass ich mich an einer alten Frau vergreife?"

„In diesem besonderen Fall reicht es mir schon, wenn Sie ihr zu nahe kommen."

Kindler versuchte betont ruhig zu bleiben. Er kämpfte mit sich und hatte Mühe, seinen Ärger zu unterdrücken. Erneut mit dieser unerhörten Anschuldigung konfrontiert zu werden, noch dazu hier und vor aller Augen und Ohren, rührte in der alten Wunde, der er schon Anfang der Woche vergeblich nachgespürt hatte. In die innere Verunsicherung mischte sich eine ohnmächtige Wut, der er kaum Herr werden konnte. Von dem Zauber des Augenblicks, dem er in Gegenwart des liebenswürdigen alten Paares eben noch erlegen war, blieb durch den lallenden Auftritt des Anwalts wenig zurück.

Abbas ergriff, durch die herbe Abfuhr erkennbar verärgert, mit spöttischem Gehabe erneut das Wort.

„Obwohl ich sagen muss: Die Attitüde passt. Steht Ihnen, diese Rolle des starken Beschützers. Ist ja auch etwas ganz anderes als Feingefühl gegenüber ausländischen Mitbürgern aufzubringen oder ein niveauvolles Gespräch über rechtliche Fragen zu führen. Scheint eher nicht zu Ihren Stärken zu gehören. Da zählt dann auch weniger die Kraft in den Armen als die des schlagfertigen Arguments, also der Intelligenz."

Inzwischen hatte sich eine kleine Zuschauer-
menge um sie versammelt. Einen Aufreger am
Rande der Feierlichkeit mochte sich niemand ent-
gehen lassen. Neugierig und gespannt erwartete
man, wie die Sache enden würde.

„Mein Abend war... jedenfalls bislang... sehr
schön", erwiderte Kindler deutlich gereizter, aber
immer noch beherrscht, „viel zu schön, um jetzt
ein Gespräch über Intelligenz zu führen – noch
dazu mit einem Unbeteiligten!"

Leises Gelächter und vereinzelt beifälliges Klat-
schen ließen erkennen, dass die Sympathien der
Zuschauer einseitig verteilt waren. Der Unruhestif-
ter zeigte sich von der gegen ihn gerichteten Stimmung deutlich irritiert. Eine passende Antwort
wollte ihm partout nicht einfallen. Verletzte Eitel-
keit und die Wirkung des Alkohols erschwerten
seine Suche nach einer angemessenen Reaktion.
Sich aber dem jungen Mann geschlagen geben,
kam überhaupt nicht in Frage. Er rang weiter vergeblich um Worte, bis er schließlich mit einem lauten „Unverschämtheit" Kindler seine Empörung
und den Inhalt des Sektglases ins Gesicht schleu-
derte.

Lisa Körber erlebte die unschöne Szene aus
nächster Nähe mit und konnte kaum an sich halten. Sie fühlte sich wie Kindler auf unangenehmste

Weise gestört, herausgerissen aus diesem besonderen Augenblick, den sie zu gerne so lange wie möglich ausgekostet hätte. Jetzt war sie außer sich. Kindler sah, wie sie sich vehement aus den Armen ihres Großvaters löste, energisch zwei Schritte vortrat und dem verdutzten Störenfried eine schallende Ohrfeige verpasste.

Ein Raunen ging durch die Menge der umstehenden Gäste.

„Was ist hier los? Bitte keine Streitereien heute Abend!"

Carsten Körber hatte sich einen Weg durch die Zuschauer gebahnt, nahm seine Tochter zur Seite und bedachte sie mit strafendem Blick. Auch ohne den Hintergrund der Auseinandersetzung zu kennen, war ihm naturgemäß daran gelegen, einen auch noch so kleinen Eklat auf der Jubiläumsfeier seines Unternehmens zu vermeiden. Mimik und Gestik des Gastgebers unterstrichen seine Entschlossenheit, keine weitere Störung zu dulden.

Es herrschte peinliche Stille.

Noch bevor sich Dr. Abbas erklären konnte, trat Kindler auf den Gastgeber zu. Seine Körperhaltung sprach Bände. Der Eindruck, mit seiner Anwesenheit den störenden Anlass mitgeliefert zu haben, schlimmer noch, das alte, schon fast vergessene Gefühl, fehl am Platze zu sein, legte sich wie ein trauriger Schleier über seine Worte.

„Es tut mir sehr leid, Herr Körber, aber Lisa trifft keine Schuld. Die Sache ist mir äußerst unangenehm. Verzeihen Sie bitte, wenn ich hier auf lange Erklärungen verzichte. Ich denke, es wird das Beste sein, mich jetzt zu verabschieden, damit die Feierlichkeiten ungestört weitergehen können. Ich bitte nochmals um Entschuldigung."

Und zu Wilhelm Körber und Elisabeth Thiel gewandt:

„Herr Körber, sind Sie so freundlich, Frau Thiel später nach Hause zu begleiten? Ich würde es mir nicht verzeihen, Ihnen an diesem Abend auch nur eine Minute Ihrer gemeinsamen Zeit gestohlen zu haben. Frau Thiel....es tut mir wirklich sehr leid."

„Machen Sie sich bitte keine Sorgen, Leonhard", antwortete Körber Senior. Er sprach ruhig und wählte jedes seiner Worte mit Bedacht. Trotz der hitzigen Atmosphäre war ihm nicht entgangen, dass in Kindler etwas vorging, das er sich in der Kürze der Zeit nicht zu erklären vermochte. Aber die bedrückte Haltung, der verschreckte Blick weit geöffneter Augen, die ganze Körpersprache des jungen Mannes bedeuteten ihm, wie unwohl der Unglückliche sich fühlen musste und hielten ihn davon ab, Kindler zum Bleiben zu bewegen.

„Sie ist bei mir in guten Händen", versuchte er weiter zu beruhigen, „Wir sehen uns in der kommenden Woche. Es ist alles gut."

*

Das darf doch wohl nicht wahr sein!

Muss damit leben, wenn ich stinkig bin. Habe ja wohl allen Grund dazu. Dieser Wimmer! Keine Frage, dass der die Szene im Kasten hat. War doch die ganze Zeit in der Nähe, der Hobbykünstler. Ständig die Kamera vorm Gesicht, aber die Bilder nicht rausrücken. Partout nicht. Warum auch immer. Lässt sich nicht erweichen, der Kerl. Nur Bilder von den Rednern und der tanzenden Gesellschaft. Nichtssagend und belanglos. Und eines vom Tisch der Gastgeber. Immerhin. Alle Akteure vertreten. Bis auf den arroganten Fatzke. Der ist verzichtbar. Wird auch so gehen.

Der Artikel ist eingetütet. Die Überschrift passt. Etwas reißerisch, vielleicht. Aber dem Chefredakteur wird's gefallen. Hat was übrig für solche Kopfzeilen. Mal sehen. Für die Wochenendausgabe ist es zu spät. Was soll 's. Wurde auch nicht erwartet. Aber Montag. Und das Wochenende gut nutzen, recherchieren, weiter aufklären. Und dann Dienstag oder Mittwoch den nächsten Artikel lancieren.

Die Sache beginnt Spaß zu machen.

Grantler sortierte seine Unterlagen und machte sich seiner Sache gewiss auf den Weg in die Redaktion.

*

Kindler fand keine Ruhe. Er wälzte sich im Bett hin und her, fortwährend auf der Suche nach einer bequemen Position, die Entspannung versprach. Und Schlaf. Vergebens. Seine Gedanken kreisten unentwegt um die Ereignisse des Abends. Die glücklichen Momente, das Zusammensein mit Lisa und den beiden liebenswürdigen alten Herrschaften, vermischten sich mit der bösen Szene zum Schluss, dem letzten, jetzt alles überlagernden Eindruck, der ihn in einem Strudel quälender Bilder und Fragen abwärts zog. So sehr er sich auch mühte, es wollte ihm nicht gelingen, die ungebetenen Stimmen in seinem Kopf zum Schweigen zu bringen.

Die Auseinandersetzung würde die Runde machen, sich herumsprechen in dieser kleinen Stadt, in der jeder jeden kannte. Abbas hatte so laut gesprochen, dass sehr viele der anwesenden Gäste seine Worte mit anhören konnten, diese verletzenden Sätze, die ihn in die Nähe der Täter stellte, an den Abgrund unmenschlicher Erfahrungen und bitteren Leides. Welche Konsequenzen mochte das für ihn haben und wie damit umgehen? Musste er sich das überhaupt gefallen lassen? Eine so schmerzhafte Beleidigung in aller Öffentlichkeit? Durfte er das unwidersprochen hinnehmen? Eine Anzeige – vielleicht? Aber würde das nicht noch alles schlimmer machen, noch mehr öffentliches

Interesse erzeugen und die Sache unerträglich in die Länge ziehen? Und selbst wenn er vor Gericht Recht bekäme, blieb in solchen Fällen nicht immer etwas hängen, ein Makel, mit dem er fortan würde leben müssen? Gab es überhaupt eine Chance, sich gegen solche üblen Nachreden erfolgreich zur Wehr zu setzen?

Und Lisa?

Sicher, sie hatte für ihn Partei ergriffen, hatte später auf dem Heimweg versucht, ihn zu beruhigen, ihn ermuntert, sich die Sache nicht zu Herzen zu nehmen. Abbas sei völlig betrunken gewesen, hatte sie eingewandt. Niemand nehme den ernst. Vielleicht behielt sie Recht, aber wenn nicht? Wie würde es weitergehen, wenn dieser störende Moment auf der Jubiläumsfeier nicht so schnell in Vergessenheit geriet? Durfte er ihr das überhaupt zumuten? Das Gerede der Leute, die verstohlenen Blicke, wenn sie sich zusammen in der Öffentlichkeit zeigten, das Getuschel am Nebentisch in dem Café, in dem sie in der vergangenen Woche so viele glückliche Stunden verbracht hatten?

Und wie würden ihre Eltern reagieren? Sie hatten sich bestimmt erkundigt, sich alles erzählen lassen, vielleicht sogar von Abbas. Leicht auszumalen, dass der in seiner Maßlosigkeit kein gutes Haar an ihm gelassen hatte. Was blieb übrig von

dem herzlichen Empfang, der freundlichen Begrüßung nach dieser unerquicklichen Szene? Ihr Vater
war mit Sicherheit verärgert über den Zwischen-
fall. Vielleicht gehörte der Anwalt zu seinen wich-
tigen Geschäftspartnern, mit denen er auch in Zukunft zusammenarbeiten wollte. Hätte er ihn sonst
eingeladen? Was lag da näher, als alles ihm anzu-
lasten, dem neuen Freund seiner Tochter, der ge-
schäftlich für ihn ohne Bedeutung war? Vermutlich würden die Eltern schon aus Sorge um das
Wohlergehen ihrer einzigen Tochter von ihm abra-
ten. Konnte man es ihnen verdenken?

Als schon erste Sonnenstrahlen den Beginn des
neuen Tages verkündeten, verfiel Kindler völlig
übermüdet in einen Dämmerzustand, immer wieder unterbrochen und aufgeschreckt durch quälende Gedanken, bis er endlich tief und fest in Schlaf
versank, ohne damit der erhofften Entspannung
näher zu kommen.

Im Gegenteil.

Ein schlimmer Traum führte ihn noch näher an
den Rand des Abgrunds, stellte ihn auf diese
Waldlichtung in Brandenburg, am Schwedtsee gelegen, in eine gottgeschaffene Idylle, von Men-
schenhand zum Vorhof der Hölle verwandelt, unweit von Berlin, der Hauptstadt der Finsternis im
Reich des Bösen. Er schlich über den Appellplatz,

vorbei an dem massiven Bau der Kommandantur, an dem Krematorium und dem Wachhaus der SS, hin zum Ufer des Sees, aus dem die Asche tausender verbrannter Körper zum Himmel schrie. Und wieder hing sein Blick an jener Skulptur, zwei Frauen, vom Leiden gezeichnet, die eine die andere tragend, beide Körper ausgezehrt, feingliedrig und fast jeder Weiblichkeit beraubt. Im offenen Widerspruch dazu die gerade, aufrechte Haltung der Tragenden; sie schien trotz allem ungebrochen, eine selbstbewusste Frau, die sich unter erniedrigenden Umständen ihren Stolz, vor allem aber Menschlichkeit und Mitgefühl bewahrt hatte. Ihr Blick ging in die Ferne über den See, voller Sehnsucht nach Zukunft in einer besseren Welt.

Ganz anders die Getragene. Arme und Beine schlaff, ihren Dienst versagend, der geschundene Körper kraftlos, gehalten nur durch die Hände der Aufrechten. Der Kopf ruhte matt auf ihrer Brust, die Lider fast geschlossen, ohne einen Funken Hoffnung, das nahende Ende vor Augen.

Aber dieses Gesicht!

Die Skulptur geriet in Bewegung, begann zu leben. Waren das nicht die vertrauten Züge, die hohlen Wangen, an die er sich als Kind so gerne geschmiegt hatte? Und diese Hände mit den schlanken Fingern, mit denen sie ihm zärtlich durch seine Haare fuhr – waren das nicht ihre Hände?

Kindlers Traumwelt begann sich zu drehen, wie in einem wilden Taumel, schwindelerregend und haltlos. Schon übertönten Stimmen den Frühlingsgesang der Vögel am Ufer des Sees, erst leise, dann immer lauter. Grelle Kommandos, wildes Gebrüll und das zischende Geräusch einer Peitsche verfinsterten seinen Traum. Er sah entsetzliche Bilder von schreienden Frauen, die um ihr Leben bangten, von weinenden Kindern, die flehentlich nach ihren Müttern riefen, Bilder voll tiefer Verzweiflung und Hoffnungslosigkeit, die kein Ende nehmen wollten.

Das bösartige Bellen eines großen Hundes riss ihn aus dem Schlaf.

Er sprang aus dem Bett. Zu Tode erschrocken stand er für einen Moment verstört und regungslos im Raum. Die Bilder des Traums waren lebendig und seltsam real, fast so, als wäre er selbst eben noch wehrloses Subjekt der dramatische Ereignisse am Schwedtsee gewesen. Was hatte ihn nur bewogen, dorthin zu fahren und sich alles anzusehen? Und warum bloß war es den langen Schatten der entsetzlichen Geschehnisse in Ravensbrück erlaubt, Jahrzehnte später seine Träume zu besetzen, nach ihm zu greifen und aus der Bahn zu werfen, der er doch mit alldem nichts zu tun hatte?

Am ganzen Körper zitternd, ging er ans Fenster. In den noch feuchten Blättern der Büsche und Bäume brachen sich die Strahlen der aufgehenden Sonne und begrüßten den Tag mit einem zauberhaften Spiel aus Farbe und Licht. Ein Rotkehlchen untermalte das stimmungsvolle Bild mit seinem melancholischen Gesang. Mit suchendem Blick streiften seine Augen durch die angrenzenden Gärten und verfingen sich in dem dunklen Rot eines großen Rhododendron jenseits der rückwärtigen Straße.

Ein Hund war nirgendwo zu erblicken.

*

VIII

Eine Woche später stand Kindler wieder am Fenster seiner Wohnung. Draußen kehrte langsam Ruhe ein. Gärten und Straßen waren menschenleer und das Licht der untergehenden Sonne warf bizarre Schatten auf frisch gemähte Rasenflächen und Häuserwände. Nach der lauten Betriebsamkeit des Samstagnachmittags lag eine fast gespenstische Stille über den Dächern der Stadt. Nur der melodische Gesang einer Amsel drang kaum vernehmbar von weit her an seine Ohren. Er sah müde aus. In dem jugendlichen Gesicht bezeugten dunkle Ringe unter den Augen stumm die Schlaflosigkeit der vergangenen Nächte. Er wandte sich ab und lief ruhelos hin und her in der kleinen Wohnung, die er seit Tagen nicht verlassen hatte. In der Küche warf er einen kurzen Blick in den Kühlschrank, verspürte aber weder Hunger noch Appetit. Zurück im Wohnzimmer, suchte er gedankenverloren und erfolglos nach einer Beschäftigung, die Ablenkung versprach. Endlich setzte er sich, schob ein angelesenes Buch zur Seite und schaltete den Fernseher ein. Schon nach wenigen Minuten der Sache überdrüssig, ging er erneut ans Fenster. Er zog die Vorhänge zu, legte sich aufs Sofa und schloss die Augen. An Schlaf war nicht zu denken. Die Bilder der vergangenen Woche gönnten ihm keine Pause und trieben ihr böses Spiel.

Am Montag nach der Jubiläumsfeier hatte er morgens vor der Arbeit noch kurz mit Lisa gesprochen. Sie werde in der kommenden Woche nicht ins Büro kommen, um ihre Grippe auszukurieren, teilte sie ihm mit. Für einen Besuch nach Feierabend sei sie aber keineswegs zu schwach. Er kenne ja den Weg. Ausreden lasse sie nicht gelten. Nach einem zermürbenden Wochenende heiterte ihn das Telefonat mit Lisa merklich auf. Der Klang ihrer Stimme, ihre trotz Erkrankung unverkennbar fröhliche Art und die Aussicht, sie bald wiederzusehen, vertrieben für einen Augenblick die trüben Gedanken. Ohne sich der wohltuenden Wirkung, die von dem kurzen, nur telefonischen Kontakt mit seiner Freundin ausging, wirklich bewusst zu werden, nahm er sich vor, noch am selben Abend ein Geschenk zu besorgen und zu ihr zu fahren.

Lisa sollte trotzdem die ganze Woche vergebens auf seinen Besuch warten.

Nur wenig später holte ihn alles wieder ein. Und in den folgenden Tagen, in denen sich Ereignis an Ereignis reihte, zog er sich immer mehr in sich zurück, traute sich kaum mehr aus der Wohnung – und blieb allein.

*

An diesem Montag nahm Kindler wie üblich auf dem Weg zur Arbeit die Tageszeitung aus dem Briefkasten, setzte sich hinter das Steuer seines Autos und schlug in böser Vorahnung die Lokalseite auf. Das große Bild, Ehepaar Körber und der Seniorchef lächelnd im Foyer der Stadthalle, band für einen Moment seine Aufmerksamkeit und rief die Erinnerung an den freundlichen Empfang wieder wach. Dann erst fiel sein Blick auf die Überschrift.

50 JAHRE ELEKTRO KÖRBER GMBH
EKLAT AM RANDE DER FEIERLICHKEITEN
AUSLÄNDERFEINDLICHER HINTERGRUND ?

Hastig überflog er den Artikel bis zu jener Passage, in dem er seine schlimmsten Ängste bestätigt fand. Der Beitrag wiederholte den unsäglichen Vorwurf schwarz auf weiß und beschrieb ihn als Leonhard K., einen jungen Beamten der örtlichen

Verwaltung. Abbas wurde wörtlich zitiert. Er erneuerte seine Vorhaltungen, ohne konkret zu werden. Es gelte seinen Mandanten, dessen Namen er natürlich nicht preisgeben könne, vor weiteren Nachteilen zu bewahren. Abschließend fanden sich Andeutungen und Fragen und die Ankündigung, für weitere Aufklärung zu sorgen.

Kindler hatte kaum an seinem Schreibtisch Platz genommen als Winkler mit besorgter Miene die Tür öffnete. Er ließ sich den ganzen Vorgang mit allen Einzelheiten schildern. Während sein Mitarbeiter ihm mit immer leiser werdender Stimme berichtete, verfinsterte sich sein Gesichtsausdruck zunehmend, so dass einer seiner bekannten Ausfälle zu befürchten stand. Kindler war auf alles gefasst. Stattdessen erhob sich Winkler und bat Kindler mit ruhiger Stimme, ihm zu folgen. Der Chef habe vermutlich den Zeitungsartikel gelesen und wolle mit ihnen reden.

Direktor Holzmann war erst durch einen frühen Anruf von Abbas auf den Zeitungsartikel aufmerksam geworden. Das sei alles nicht so ernst gemeint, hatte Abbas versucht, die Vorwürfe klein zu reden. Man kenne das ja, die Zeitungen neigten nun mal zu Übertreibungen. Er fühle sich gründlich missverstanden, habe eher einen Scherz machen wollen, wenngleich... in der Sache sei er dankbar, wenn er – Holzmann – sich den Fall seines Mandanten nochmal persönlich ansehen würde. Eine öffentliche Klarstellung? Das könne sich leicht ins Gegenteil verkehren. Man wisse schließlich nie genau, was Zeitungen daraus machen würden. Es sei doch wohl am besten, die Sache totzuschweigen.

Holzmann hatte kein Interesse, sein Amt mit negativen Schlagzeilen in den Medien wiederzufinden. Die politischen Aktivitäten dieses von Kranzwegen bereiteten ihm schon genug Kopfzerbrechen. Wahrscheinlich hatte Abbas Recht mit seiner Vermutung.

Es war nicht leicht, Winkler von dieser Linie zu überzeugen. Er stellte sich schützend vor seinen Mitarbeiter und forderte lautstark eine angemessen scharfe Reaktion auf die Anschuldigungen. Holzmann hatte nichts anderes erwartet. Er gab sich Mühe, die Situation zu beruhigen und behielt sich vor, auf Nachfragen selber mit dem Redakteur der Zeitung zu sprechen. Im Übrigen sei es wohl das Beste, Herrn Kindler aus der Schusslinie zu nehmen und die Bearbeitung des Falles einer anderen Person zu übertragen. Das käme doch einem Schuldeingeständnis gleich, wandte Winkler verärgert ein. Unerträglich, wenn der Anwalt mit seinem widerwärtigen Vorgehen auch noch Erfolg habe. An der Entscheidung in der Sache würde das ja nichts ändern, versuchte Holzmann weiter zu beschwichtigen und für Herrn Kindler sei es doch nur gut, wenn er sich mit Abbas nicht weiter auseinandersetzen müsse.

Es wurde laut im Büro des Amtsleiters, sehr laut.

Kindler verfolgte wortlos die hitzige Diskussion. Die Argumente der beiden Kontrahenten drangen nicht mehr zu ihm durch. Weder Holzmann noch Winkler bemerkten, in ihr Streitgespräch vertieft, den Kummer, der sich immer tiefer in seine Seele brannte. Seine Gedanken wanderten zwischen Lisa, ihren Eltern und dem Schwedtsee hin und her. Er wusste sich keinen Rat, fand keine Antwort auf die quälenden Fragen, die ihm das Leben schwer machten. Selbst die Erinnerungen an Tante Dora und der ihm immer zugewandten Frau Thiel, in die er sich von Zeit zu Zeit zu flüchten suchte, an die glücklichen Stunden, die sie zusammen verbracht hatten, boten keinen Halt. Und der Arbeitsalltag, den er bisher immer als erfüllend erlebt hatte, geriet für ihn in den nächsten Tagen zu einem Spießrutenlauf zwischen verstohlenen Blicken, unschönen Bemerkungen und offener Häme, dem er nichts mehr entgegen zu setzen vermochte.

Die Mittwochsausgabe der Tageszeitung trieb alles auf die Spitze. Offenbar hatte jemand aus dem Kollegenkreis dem Reporter bereitwillig Auskunft gegeben, wie die Überschrift vermuten ließ.

IST DIE VERWALTUNG AUF DEM RECHTEN AUGE BLIND?
EINE GESCHICHTE VON PAT UND PATACHON

Auch dieser Artikel, der sein gutes Verhältnis zu dem alten Kollegen zum Anlass nahm, die Vorwürfe zu erhärten, blieb nicht ohne Resonanz. Als er am Donnerstagmorgen vor die Tür trat, um zur Arbeit zu fahren, versetzte ihm der Anblick seines Wagens einen letzten Stich. Er machte auf der Stelle kehrt und meldete sich krank. Über Nacht hatte man den weißen Lack mit eindeutigen Symbolen und Parolen beschmiert, dunkelrote Farbe, mit einem breiten Pinsel aufgetragen und wohl nicht mehr zu entfernen. Er verschloss die Tür hinter sich, igelte sich in seiner Wohnung ein und wollte nichts und niemanden mehr hören oder sehen.

Am Nachmittag schließlich erreichte ihn ein Anruf seines Vereins. Der Vorsitzende, der ihn seinerzeit noch mit Nachdruck gebeten hatte, sich in die Arbeit des Vorstandes als Schriftführer einzubringen, tat sich schwer. Der Vorstand habe ohne ihn getagt, wurde ihm mitgeteilt. Die Berichte in der Zeitung und bohrende Nachfragen eines Journalisten hätten große Besorgnis ausgelöst. Es herrsche Einigkeit in der Ansicht, dass es besser sei, wenn er Amt und Aufgaben bis auf Weiteres ruhen lasse. Das Leitbild des Vereins, die soziale Ausrichtung, mache es erforderlich, nicht mit einer Haltung in Verbindung gebracht zu werden, die auf Ausgrenzung setze. So wie man ihn kenne, seien die Vorwürfe ja vermutlich haltlos. Er solle das deshalb bitte auf keinen Fall als Vorverurteilung missverstehen, habe aber hoffentlich Verständnis, dass der Vorstand um jeden Preis Schaden vom Verein abwenden müsse und unter diesen Umständen keine andere Entscheidung möglich gewesen sei. Man werde für die von ihm betreuten Personen nach anderen Lösungen suchen und hoffe, die Sache würde sich bald zu seinen Gunsten klären lassen.

Kindler ließ den Redeschwall ohne Einwendungen über sich ergehen. Er fand keine Worte. Auch als kurze Zeit später HvK anrief, um ihm zu versichern, er stehe auf seiner Seite und biete ihm seine Unterstützung an, blieb er monoton einsilbig und schaltete das Telefon stumm, nachdem das Gespräch beendet war.

*

Es hatte keinen Sinn. Die ersehnte Ruhe, ein wenig Schlaf oder auch nur ein paar schöne Gedanken, blieben ihm verwehrt. Kindler erhob sich vom Sofa, öffnete die Tür zum Balkon und trat ins Freie. Aus den Fenstern der gegenüber liegenden Wohnungen fiel mattes Licht in die Dämmerung des zu Ende gehenden Tages. Die friedliche Abendstimmung über den Häusern des Viertels drang nicht zu ihm durch. In seinem Innersten türmten sich die Gedanken wie düstere Wolkengebilde vor einem nahenden Gewitter.

Was war bloß passiert? Wie konnte das sein?

Eben noch schwelgend im Glück, eine wunderbare Zukunft vor Augen, gemalt in den schönsten Farben – und jetzt? Wie ausgelöscht, vom Winde verweht, durch wenige Worte aus hohlem Kopf, nur so dahin gesagt, aber mit verheerender Wirkung, alles vorbei. Sein ganzes Leben ins Wanken geraten, auf den Kopf gestellt, ohne Perspektive. Wo war sie hin – die Leichtigkeit der früheren Tage, sein schier unerschütterlicher Optimismus, die übersprudelnde Lebensfreude, um die ihn viele beneidet hatten? Welchen Wert hatte es, ein Leben zu leben, das so leicht aus den Fugen geriet, immer befürchten zu müssen, durch irgendein Ereignis der scheinbaren Stabilität beraubt zu werden?

Er lehnte sich über die Brüstung und sah hinab in den dunklen Abgrund. Jetzt ein mutiger Entschluss, ein kurzer Sprung – und alles wäre vorbei. Vorbei, die wilden Gedankenspiele, die bösen Träume, vorbei, die bittere Realität, die kaum mehr auszuhalten war. Endlich Ruhe! Nur ein bisschen Mut – vielleicht unterstützt durch einen kräftigen Schluck aus der Flasche?

Erschrocken über die eigenen Gedanken trat er einen Schritt zurück. Der warnende Fingerzeig seiner ehemaligen Freundin kam ihm in Erinnerung. Wahrscheinlich lag sie mit ihrer Diagnose richtig und es war an der Zeit, therapeutische Hilfe in Anspruch zu nehmen.

Oder sollte er sich dem Grafen zuwenden?

Er hatte ihm seine Unterstützung angeboten, ihn eingeladen, mitzuarbeiten in seiner Partei, um sich wirkungsvoller wehren zu können gegen die verleumderischen Nachreden. Er habe volle Rückendeckung aus der Partei und das gute Gefühl, sich gemeinschaftlich für etwas Größeres zu engagieren, werde ihm sicher helfen, ihn stark machen, um sich den Vorwürfen zu stellen und öffentlich dagegen zu halten. Und das Land brauche nun mal eine Alternative, brauche Leute wie ihn, die sich für das Wohlergehen der Menschen einsetzten. Sollte er darauf eingehen? War das Engagement in einer Partei, noch dazu am rechten politischen Rand, eine Möglichkeit, dem gefühlten Dilemma zu entkommen? War die Einladung zur Mitarbeit eine Alternative zum Einsatz in dem Verein, der ihm eiskalt den Stuhl vor die Tür gestellt hatte, eine Alternative für ihn?

Was aber könnte er sonst tun? Alle Wege zurück in sein altes Leben schienen versperrt. Der persönliche Makel würde sich genauso wenig entfernen lassen, wie die widerlichen Schmierereien von seinem Auto. War es klug in seiner Situation ein solches Angebot auszuschlagen? Also in die Offensive gehen und mitarbeiten in der Partei des Grafen?

Kindler erschauderte bei der Vorstellung.

Er ging zurück ins Wohnzimmer. Ohne zu wissen, wonach er suchte, wanderten seine Augen durch den Raum, übersahen das Chaos, das er in den letzten Tagen angerichtet hatte und verharrten schließlich an dem weißen Regal, das mit Büchern reichlich gefüllt an der Wand zum Schlafzimmer lehnte. Ganz oben, neben der alten Uhr von Tante Dora, fiel sein Blick auf den länglichen Karton. Er versuchte die Aufschrift zu entziffern. Vor zwei Jahren hatten Freunde gemeint, ihm damit zum Geburtstag eine Freude zu machen. Seitdem stand das Geschenk dort oben, ohne das er je das Bedürfnis verspürt hatte, sich zu bedienen.

Bester schottischer Whiskey, wie sie ihm versichert hatten.

*

Die Woche war wie im Fluge vergangen, jeder Tag ein kleines Fest, unglaublich schöne Stunden, gefüllt mit langen Gesprächen, inniger Nähe und Tränen des Glücks. Sie fühlten sich jung, wie neu geboren und hatten Pläne geschmiedet, die für ein ganzes Leben reichten.

Wilhelm Körber und Elisabeth Thiel saßen dicht an dicht in dem geräumigen Wohnzimmer der Humboldtstraße. Der Raum war erfüllt vom Duft roter Rosen, die in einer weißen Vase auf dem kleinen Tisch neben der Couch ihre Blütenpracht zeigten. Er umfasste zärtlich ihre Hand.

„Du wirkst sehr nachdenklich heute Abend, Liebes", bemerkte er besorgt, „geht dir alles zu schnell oder habe ich etwas falsch gemacht?"

„Nein, nein", beeilte sie sich, seine Bedenken zu zerstreuen, „es ist nur...ich mache mir Sorgen um Leo. Er hat die ganze Woche nicht von sich hören lassen. Ich hoffe, die Sache setzt ihm nicht zu sehr zu."

„Hm...auf mich wirkte er schon an dem Abend tatsächlich sehr betroffen...ganz so als wäre da mehr, als nur der ungehörige Auftritt dieser unangenehmen Person."

Wilhelm Körber lehnte sich in seinem Sessel zurück und dachte nach.

„Lisa hat wohl auch schon vergeblich versucht, ihn telefonisch zu erreichen", murmelte er.

„Es tut mir wirklich unendlich leid für ihn. Und dann diese unmöglichen Artikel in der Zeitung! Mir ist nicht wohl bei dem Gedanken, dass der Junge das alles mit sich alleine ausmachen muss."

Ihre Worte blieben ohne Antwort. Eine ganze Weile saß er still wie abwesend neben ihr. Nichts ließ erahnen, wohin ihn seine Gedanken führten, was ihn derart beschäftigte, dass er alles um sich herum zu vergessen schien. Elisabeth Thiel hielt ihre Fragen zurück. Frühe Situationen kamen ihr in Erinnerung, in denen sie sich in dieses Gesicht, in diesen Mann, verliebt hatte. Die Zeit des Nach-

denkens, der Stille, gehörten zu ihm wie die unge-
bremste Freude am Leben, die sie in den vergangenen Tage so genossen hatte. Sie schaute ihm gerne
dabei zu und war fasziniert wie am ersten Tag. Immer noch.

„Ich nehme an, die kennst seine Adresse", unterbrach er urplötzlich den nachdenklichen Moment und erhob sich aus seinem Sessel.

„Wir beide könnten zu ihm fahren und nach
ihm sehen. Am besten sofort. Was meinst du
dazu?"

Verwundert über den spontanen Vorschlag,
sah sie ihn an. Dann aber verzogen sich ihre Lippen zu diesem entzückenden Lächeln, bei dem
nicht nur einem Photographen warm ums Herz
werden konnte.

„Das ist eine liebe Idee von Dir, Wilhelm. Gut,
dass du da bist."

Als sie vor Kindlers Wohnung eingeparkt hatten, beschleunigte der Anblick seines Wagen die
Schritte des Paares. Die verunglimpfenden Schmierereien waren noch gut zu erkennen, auch wenn
der einsetzende Nieselregen die Farbe aufzulösen
begann. Es dauerte eine ganze Weile, bis sich in
der Wohnung nach dem Klingeln etwas regte. Nur
langsam öffnete sich die Tür, Stück für Stück, als

wären sperrige Hindernisse beiseite zu räumen, die den Weg nach draußen versperrten.

Leonhard Kindler bot seinem Besuch einen bemitleidenswerten Anblick. Er war seit Tagen unrasiert, die Haare standen wild in alle Richtungen und das schief zugeknöpfte Oberhemd steckte völlig zerknittert nur noch an einem Zipfel in einer alten, abgetragenen Trainingshose. Unter dem wirren Haarschopf sahen die beiden in traurige Augen, gerötet und teilnahmslos, ohne jede erkennbare Regung über den späten, überraschenden Besuch. Er lehnte kraftlos am Türrahmen und war kaum mehr in der Lage, sich auf den Beinen zu halten.

„Leonhard....", hörte er Frau Thiel wie von ferne seufzen. Er versuchte eine Antwort, wollte etwas sagen, vielleicht eine Entschuldigung oder auch nur ein paar Worte der Begrüßung. Aber sein Kopf war leer, seit langer Zeit endlich angenehm leer und seine Lippen zu schwer, um Worte zu bilden. Er sah in das vertraute Gesicht, nahm noch den liebevollen, mitleidenden Blick in sich auf und versuchte ein Lächeln.

Dann wurde ihm schwarz vor Augen.

*

Kindler verspürte bohrende, nie zuvor erlebte Kopfschmerzen, als er am nächsten Morgen in seinem Bett erwachte. Er versuchte vergeblich, sich zu erinnern, was passiert war und öffnete vorsichtig die Augen. Selbst das schummerige Licht, das durch geschlossene Vorhänge in das Zimmer fiel, war ihm mehr als unangenehm. Er tastete sich mit halb geschlossenen Lidern aus dem Bett, stolperte über den Korbstuhl neben der Tür und wäre beinahe lang hingeschlagen. Behutsam, mit einer Hand an die Wand gestützt, ging er weiter durch das Wohnzimmer in die Küche, um sich einen Kaffee zuzubereiten. Der pulsierende Schmerz war kaum auszuhalten. Und mit der Bewegung, noch während er mit den wenigen Handgriffen in der Küche beschäftigt war, kam langsam die Erinnerung. Nicht die späte Begegnung mit den beiden alten Menschen, ihre liebevolle Art, mit der sie sich um ihn gekümmert hatten, nicht die schönen Momente der letzten Wochen, die schlimmen Bilder erwachten zu neuem Leben, die Zeitungsartikel, die Schmierereien auf seinem Auto, die hämischen Blicke und Kommentare, denen er bei der Arbeit ausgesetzt gewesen war. Sie setzten ihm aufs Neue zu und übertönten den pochenden Schmerz in seinem Kopf. Ihm wurde schwindelig, er wankte und fand gerade noch Halt am Griff einer geöffneten Schranktür. Mit geschlossenen Augen, den Kopf an die kühle Oberfläche des Schrankes gelehnt, hielt er sich aufrecht, bis die Kaffeemaschine in unerträglicher Lautstärke ihre getane Arbeit verkündete.

Erst als er mit der Kaffeetasse in der Hand wieder das Wohnzimmer betrat, sah er sie.

Lisa hatte es sich auf seinem Sofa bequem gemacht. Sie trug eines seiner T-Shirts und schlief tief und fest. Eine Haarsträhne war ihr ins Gesicht gefallen und bewegte sich im Rhythmus ihrer gleichmäßigen Atmung leicht auf und ab. Ihre Haut glänzte seidig im warmen Licht der Morgensonne, das durch einen kleinen Spalt im Vorhang auf die Schlafende fiel.

Fasziniert und gleichzeitig vollkommen irritiert von ihrem Anblick, ohne jede Ahnung, wie sie hier her gekommen war, blieb Kindler wie angewurzelt stehen. Er nahm nicht wahr, dass die Unordnung der vergangenen Tage beseitigt war, sah nicht, konnte ja nicht sehen, dass sie noch spät abends seinen Wagen von den widerlichen Spuren des Hasses gesäubert hatte, voller Ärger über soviel heimliche Niedertracht und grenzenlose Selbstgerechtigkeit, der es nur darum ging, einen anderen Menschen zu verletzen. Und ihre entspannten Züge verrieten nichts von dem Auf und Ab der letzten Woche, dem Glück, das sie empfand, wenn sie nur an ihn dachte, dann den verletzten Gefühlen, als der sehnlich erwartete Besuch ausblieb, ihren verzweifelten Bemühungen, ihn telefonisch zu erreichen, zu denen ihre Mutter sie hatte ermutigen müssen, nichts von den Tränen der Enttäuschung, die sie seinetwegen vergossen hatte und ihrem festen Entschluss, nicht aufzugeben, trotz allem an ihm festzuhalten, an dem Traum von einer glücklichen Zukunft an seiner Seite. Die ruhigen Atemzüge und das schlafende Gesicht ließen von alldem nichts erkennen, keinen Hinweis, der ihren stillen Betrachter ermutigen und aus dem dunklen Verlies innerer Einsamkeit und Ängsten hätte herausführen können

Kindler vermied jedes Geräusch. Er wollte sie unter keinen Umständen wecken. Die Vorstellung, gleich mit ihr reden zu müssen, sich ihr zu offenbaren, er, der er selber nicht verstand, wie ihm geschah, beunruhigte ihn noch mehr. Was sollte er ihr sagen? Welche Worte könnten auch nur annähernd beschreiben, was in ihm vorging, wie er sich fühlte?

Ratlos sackte er in sich zusammen, unfähig, auch nur einen klaren Gedanken zu fassen. Am Boden kauernd suchte er nach einer Möglichkeit, der Situation zu entfliehen, sich einfach davon zu stehlen und alles Quälende hinter sich zu lassen. Aber sein Kopf war leer, ohne rettende Idee, nur

dumpfer Schmerz und wirre Phantasien. Schließlich erhob er sich, stellte die leere Kaffeetasse auf
die Fensterbank und atmete tief durch. Im Gehen
gönnte er sich einen letzten Blick auf seine Freundin, die langsam aus dem Schlaf zu erwachen
schien.

Dann öffnete er leise, aber entschlossen die Tür
und trat hinaus auf den Balkon.

*